七つの転職
八つの職場

島添　芳実

三省堂書店／創英社

目次

【プロローグ】楽天主義、孫子の兵法

小鳥遊芳夫《たかなしよしお》はサラリーマン人生の終焉を見据えて呟《つぶや》いた。

「我がサラリーマン人生を一言で振り返ると、波乱万丈であったと言えまいか。いわゆる浮き沈みは日常茶飯事であり、その浮きは一瞬の光、そして沈みは深く長い闇のようだった。その一瞬の輝きを求めてとうとうここまで来た」

小鳥遊は改めて自身を徹底的に分析してみた。

内なる気弱さや脆《もろ》さは、外部から見れば他者への優しさとして映りがちであった。それで心が折れそうになった時も、常に誰かが支えてくれた。この連鎖が繰り返される中で、最終的な瞬間に至っても決して諦めない心の強さのようなものが己の中にゆったりと育まれていったのだろう。

独学が好きだ。他人の指導を受け入れることに苦手意識を持つ裏返しでもあるのだが、自らの力で学び、成長する道を常に選ぶ。塾に通った経験がなく、いつも遅れを取り戻すための段取りを考えていたからであろうか。「他人《ひと》の話を聞いていない」という批判を受けることもよくある。

その時は素直に謝るが、改めようとまでは必ずしも思わない。

彼はその独学で、社会保険労務士や宅地建物取引士といった難関資格を次々と攻略していった。特に社労士資格は三度目の挑戦での合格だったが、これは彼の持ち前の粘り強さの証しでもある。長時間に及ぶ試験での初回の挫折（居眠り）を経て、彼は「睡魔覚醒」（栄養ドリンク剤）を武器に再挑戦し、成功を手にした。この経験は、資格を得ること以上の価値があった。それは、最も困難な状況に長時間直面した時に如何にして自己を奮い立たせるか（眠らないか）という、価値ある打開術を彼に教えてくれたのだ。


紀行文や歴史小説の執筆に手を染めはじめたのを機に、多くの筆法を独学で身につけた。安岡正篤や司馬遼太郎から受けた影響は計り知れないが、彼の知的好奇心はそこに留まらず、諸子百家へと興味の範囲を広げ、やがて現代のミステリーや企業小説へと触手を伸ばした。東野圭吾や真山仁の世界にも彼の読書の眼差しは及んでいる。

彼にアウトプット思考の重要性を教えてくれたのは、哲学者・森信三の次の言葉である。

「物事は形にして初めて真の効果が生じる」

世にいう〝成形の功徳論〟である。日記はもともとつけていたが、読書後の感想文の銘記や出版への志はまさにその境地を目指してのものだったといえる。

彼の職場での姿勢も、彼の人生観を反映している。大企業の一員としてスタートした経歴の影響からか、どの職場においても悪の匂いさえ嗅《か》がなければ組織に対して従順である。

一方、社長やオーナーに対しては一般社員と同等の目線で捉えがちである。これは、「肩書よりも人間性重視」という彼の価値観の現れであり、時には上層部から不愉快に思われることもあったが、彼は信念を変えようとはしなかった。

健康には自信を持ち続けてきた。通勤時には一駅手前で下車し、ラストワンマイルを徒歩で通うという習慣を守ってきた。スポーツ好きでかつ得意なつもりでいたが、ゴルフの腕前の伸び悩みは常に頭痛の種である。最近では帯状疱疹や視神経乳頭陥凹拡大と、現代医療から若さの翳《かげ》りを指摘されてもいる。

本書は、そのような性格・育ちの六十代後半のサラリーマン、小鳥遊芳夫が七回繰り返した転職について、その経験した八つの職場での出来事や転職に至った経緯などをフィクションの筆致で著すものである。

【プロローグ】

「転職」という言葉は、まさに時代のキーワードだ。

産業構造の大転換を目指して、人材の流動化を促す転職が、日本政府によって推奨される時代が幕を開けた。だが、それは決して軽い決断ではない。一歩間違えれば、修復不可能なほどのキャリアの後退を招くこともあるだろう。これからは、どの企業であるかということよりも、自分のスキルを活かせる職場か、副業とのバランスが取れるかどうか、など細かい判断を自分自身で下さなければならない。その過程には、当然ながら不安や怖れが伴う。そんな恐怖を乗り越える方法は、未知のものへの信頼、すなわち努力に支えられた楽観主義をモットーとすることだと経験から導き出している。

「どげんかなるさ！」、九州弁の香りがするこの言葉は、彼が信じる楽観主義のヘッドコピーであり、転職という未知への一歩を踏み出す勇気の源泉なのだ。

孫子の兵法においては、「長期戦で疲弊してはならない」という考え方が重要とされている。転職も一カ所での長期戦による疲弊を避けるひとつの戦略戦術といえまいか。
「兵は拙速《せっそく》を聞くも、いまだ巧《こう》の久しきを睹《み》ざるなり」（孫子）
短期決戦に出て成功した例は聞いても長期戦に持ち込んで成功した例を孫子も知らない、のである。

本書の舞台は、「転職」を切り口に、多様なキャリアを歩んできた小鳥遊芳夫の世界だ。彼は、趣味とも副業とも判然としない執筆活動に情熱を注ぎ、そのための自由時間を確保することを職場選びの最優先条項としている。そして彼はそのことに後ろめたさを感じていない。寧ろ仕事上もプラスに作用すると確信している。特に苦境に陥った時に力を発揮する。歴史上の人物（ex小栗上野介）ならばいかに行動するだろうか、司馬遼太郎ならばどう表現するだろうか、と考えた途端に苦境が客観視され、仕事がたちまち苦境脱出ゲームに昇華してしまうのだ。つまり歴史上の人物や文学の巨匠たちから得た教訓を、現実の仕事場での困難に立ち向かうための武器として用いることで、苦境を乗り越える力にハイブリッド転換しているのだ。

彼の仕事へのアプローチは、交渉相手にとっても新鮮な気分転換を提供するらしい。興味津々の体で傾聴してもらえる。仕事の世界でも、やはり「幅」が大きな意味を持つのだろう。

「七転び八起き」の生き様を、小鳥遊芳夫という一人のサラリーマンの奇想天外なキャリアを通して描き出していく。記される住所や会社名・人物名等はすべて架空のものであるが、その背後にある真実の物語には、現代を生き抜く私たちに向けた強いメッセージが込められている。

第一章　四葉銀行【江戸川】〈定年退職〉

巨大金融機関での葛藤

〈一九七八年四月（二十三歳）～二〇〇五年七月（五十歳）〉


〝我がサラリーマン人生〟を道半ばで棚卸すれば、浮き沈みが激しいような気がする。

（しかも浮きは浅く、沈みは深い）

古刹寺院の家系に生まれ育った小鳥遊芳夫《たかなしよしお》にとって、サラリーマンという存在は未踏の領域、理解し難い異界ですらあった。彼には、その世界の厳しさも、その隠された美しさも見出せないまま、社会人生活に飛び込んだのである。

彼のサラリーマン生活の幕開けは、かつての都市銀行の威容を今に伝える四葉銀行南葛飾支店であった。東京の下町、いわゆる〝海抜ゼロメートル地帯〟に実際に足を踏み入れたのは、南葛飾支店に配属された時が初めてだった。

　営業店の三階には社員食堂の隣に広がるオープンスペースがあり、そこは時として会議室に、時には社内行事の場に変わり、昼休み時などは卓球台が並ぶ休憩所として活用されていた。そこには一艘のボートが保管されていた。その奇異な風景は、南葛飾支店が単なる営業拠点ではなく、未知への挑戦と冒険が始まる場所であるかのように感じられた。そして、ボートは荒波を越える小舟の姿を彷彿とさせた。

　ピンポン玉をサーブする構えを見せつつ小鳥遊が訊ねた。

「どうしてこんな場所にボートがあるんですか？」

　彼の指導を担当する高浜淑子《たかはまよしこ》がフォアハンドでピンポン玉を返しながら答えた。

「江戸川区一帯は海面の高さより低いの。だから江戸川区を挟んでいる荒川や江戸川の堤防が決壊すれば、この建物も二階までは水没してしまうのよ。その時はこのボートで逃げなさい、て言われているの」

　九州から出てきたばかりの小鳥遊にとって、東京言葉がなんと洗練されていることか、その言葉を操る同年代の女性の何と魅力的なことか。ボート存在理由の説明よりも、その音色に魅かれたのを覚えている。

　新人行員には、日々の業務を教え込むために指導担当者が付く制度になっていた。小鳥遊の最初の職務は、営業課の普通預金係であり、高浜が指導担当者であった。

そんな小鳥遊が最初に任された仕事は、花見の場所取りであった。南葛飾支店の花見の場所は代々四ツ谷の土手である。江戸川区の南葛飾支店から、新宿区の四ツ谷まで、支店をあげての大移動である。

（四ツ谷より上野のほうが近いし、かつ桜の名所ではないのか？）

そういう当り前の疑問をぶつけるほど東京の街区の知識もなく、黙って従うしかなかった。

その日の職場は営業店ではなく、終日四ツ谷の土手であった。

（なんと余裕のある会社なのだろう）と思った。

他社の新人社員たちも同じように場所取りに励んでいるのを見て、

（時代の風潮なのだ）などと思い直した。

会社を出た後、直帰することはほとんどなかった。いつも先輩に連れられて、会社の近くにある焼き鳥「信長」や新小岩駅近くの居酒屋「信玄」、そしてスナック「梅花」を梯子《はしご》した。それらの店が今も営業しているかどうかは知らない。総武線を途中下車して、本八幡駅前の飲み屋街へ繰り出すこともたまにあった。先輩の一人が本八幡をフランチャイズ（本拠地）としていたからである。学生時代も料理屋の奥座敷で酒を酌み交わし騒いだことはあった。社会人になってからの酒の量は、使える金額が違うこともあって桁違いだった。

（社会人の酒量は、学生時代とは比べものにならない）と、その凄さを思い知らされた。
国鉄（当時）西船橋駅からバスで五、六分のところにある独身寮に住んでいたが、表門は午前零時に閉ざされる規則になっていた。しかし、寮生たちは裏技を知っていた。午前零時を過ぎて帰るときは、寮の裏手に回り、ガラス戸を開けて建物内に忍び込めるのだ。斯様に当時の規則は実に緩やかで、管理人も理解ある人だった。

職場はというと、洗練された魅力的な女性たちで満ちていた。

小鳥遊は、小さい頃から相応に異性からの関心を集めてきた。いつも女性の方から近づいてきた。しかし、男兄弟ばかりの家庭で育ったせいか、女性との接し方に不慣れであり、文字どおり奥手だった。デートをすることもあったが、歌の文句ではないが「友達以上恋人未満」がいいところであった。ずばり「恋」という感情がどういうものか理解できずにいたのだ。

初々しかった小鳥遊も、南葛飾支店から浪華支店を経て、博多支店勤務となる頃には、いっぱしのサラリーマンらしくなってきた。特に浪華支店での外為課勤務を経てからは、博多支店、八重洲橋支店、長崎出島支店をはじめとする各地の支店で、外為を梃子《てこ》に融資取引を伸ばすスタイルを確立させ、大口融資案件などの目立つ事案を次々と成功させていった。頭取表彰の候補にも二度名を連ねたが、昇格と引き換えにされ受賞したことはない。出世のスピードから見ると、同期内のトップ集団ではなくて二番手から三番手の位置にいた。サラリーマンとしての世渡りの術《すべ》を知らず、それへの興味もなく、加えて役員たちの派閥に与しようともしなかったからであろう。

入行時先輩に言われたことがある。

「自分の仕事をしっかりとやっていれば、誰かがそれを見ていてくれる。捨てる神あれば拾う神ありだぞ」

確かにその通りであった。いつもギリギリのところで救われた。理不尽な嫌われ方をした課長もいれば、親身になって助けてくれた支店長もいた。特に故郷九州の博多支店や長崎出島支店での経験は、彼にとって大きな支えとなった。〝母川回帰《ぼせんかいき》〟という言葉のように、故郷に帰ることで自分を見つめ直し、再び関東に上り、新たな旅を続けるパターンがいつしかできた。

（人も魚も同じだ。見た目が異なるだけだ）

真理を発見した気分になり、

「人は人、猿は猿、魚は魚、区別はしても差別はするな」

松下幸之助の言葉が口を衝いた。

当時の四葉銀行は職階が一級から八級まであり、その上が役員である。営業店でいえば六級が課長クラス、七級が次長・副支店長クラス、八級が支店長クラスである。小鳥遊は六級の融資課長から後は本部（融資部）で七級・八級の職務を経験した。最後は帳尻を合わせる法人取引一筋の銀行員生活であった。

「好きなことに挑戦して、最後は帳尻を合わせよう」

これが林住期《りんじゅうき》（五十歳～七十五歳頃）を前にしたあたりからの行動指針となった。

佐賀藩で生まれた武士道の教訓・説話集『葉隠』には、「若いうちは人々から出世が遅いと思われるくらいがうまくいく」とあるではないか。

「出世魚より帳尻ザメだ。最後はどげんかなるさ！」

小鳥遊は静かに呟いた。

遊歩道

一つ目の転職、それは四葉CLO銀行から肥前銀行への移籍だった。人事異動の名のもとに行われたものの、実際には単独で肥前銀行に乗り込むという、四葉銀行内部の本支店異動とは根本的に異なる挑戦だった。そこには並々ならぬ緊張感が漂ったが、業務内容がほぼ同じであったこと、受け入れ側が非常に気を遣われたこと、および〝母川回帰〟であったことなどから、違和感はなかった。客観的に見れば、そのまま肥前銀行へ転職する可能性を秘めた業務出向であり、これを機に職務を通じてあらゆるものに挑戦するつもりでいた。

ChatGPTが転職を考える理由を四つ挙げる中では、「キャリアの成長」が今回の動機に一番ぴったり当てはまる。すなわち転職を通して、新しい職場で積極的に業務改革に挑むことで、自身のキャリアをさらに成長させたかった。「どげんかなるさ！」という九州産の軽快な言葉を胸に、楽天主義を貫きながら待ち受ける転職に臨むことになるのである。

尚、ChatGPTが考える四項目の「転職」理由との比較検討については、【エピローグ】で七つの転職を一連の流れとして記載しているのでご参照願いたい。

第二章　肥前銀行【佐世保】〈二つ目の転職〉

地方銀行の苦難、被合併行の悲哀

〈二〇〇五年八月（五十歳）～二〇〇七年七月（五十二歳）〉

長崎県の経済を支える要衝の一つ、佐世保市には、肥前銀行がその堂々たる本店を構えている。長崎市に本店を置く長崎中央銀行と並んで、県内の金融界を二分していた。

〈地方銀行の苦難〉

地方銀行が直面する厳しい環境は、この堅固なる金融の城塞にも例外なく影を落としており、肥前銀行は不良債権拡大の苦しみで独立した経営の道を歩むことが困難な状況に陥っていた。激動の様相を呈する金融市場の中で、長崎中央銀行との経営統合の噂さえ囁《ささや》かれはじめるに至り、同行経営陣は存亡の危機に立ち向かうべく、背水の陣で臨んでいた。

この危機的状況を打破すべく、肥前銀行は新たな策に出た。業界をリードする合併し巨大化したばかりのメガバンク四葉ＣＬＯ銀行へ異例の人材派遣要請を行ったのである。その要件として、融資審査のプロフェッショナルとして、審査部の舵取りを支え、融資改革の旗手となることが期待されていた。そして、この重責には二つの厳格な条件が付されていた。肥前銀行が土壇場で見せ得るギリギリのプライドともいえよう。一つは、融資に関する深い知識と経験を有すること。もう一つは、経営からは一定の距離を保ちながら融資業務改革に全力を注ぐことだった。

この劇的任務を担うに相応しい人物として白羽の矢が当たったのは、融資業務に精通した、かつ九州出身の小鳥遊《たかなし》だった。またもや、九州への〝母川回帰〟となる動きであり、転職によって再び思い出深い九州の地へと戻ることになったのである。小鳥遊に託された使命は、単に肥前銀行を救うこと以上の意味を持っていた。彼の両肩には、地域経済を支え、地方銀行の新たな未来を切り拓く、重大な責務がかかっていたのである。

地元のメディア界は、一斉にその話題を扱った。〝四葉ＣＬＯ銀行が肥前銀行救済の為、人材派遣を行った〟というニュースが、各紙の一面を飾ったのだ。一連の動きは、両行が緻密に計算されたステルスマーケティングの一環として流したのではないかという憶測が、市場関係者の間でまことしやかに囁《ささや》かれた。

小鳥遊は、この重大任務を一任された立場として、現場主義を旗印に営業の最前線からの改革を推し進めることを決意し、四葉銀行時代に磨きをかけた臨店指導の技術を活用し、審査体制の刷新を目指すべく「臨店指導室」を立ち上げることにした。この野心的なプロジェクトを成功させるため、肥前銀行は彼に二人の優秀な部下を配してくれた。

ひとりは後に博多中州支店長を経て役員となる山根周一であり、もうひとりは若くて突破力のある川東慎一郎であった。この二人の明るく人懐っこい性格が、この新しい試みをスムーズに進める上で大きな力となった。臨店指導室は迅速に機能を開始しはじめ、資料の準備も手際よく整えられ、小鳥遊の着任からわずか一カ月後には、早くも現場での指導を開始できる状態にまで事を進めることができたのである。

臨店指導は、二日間に亘り営業店に臨店して行う。

小鳥遊と彼のチームは、臨店に先立ち営業店ごとの融資管理システムから、大口取引先や業績不芳先、業績良好先、外為取引の可能性を秘めた先など、重点的に検討すべき取引先を選定する。次に事前にこのリストを営業店に通知し、臨店当日の準備を促すのである。

臨店指導の二日間は、緊張感に満ちた時間の連続だ。

臨店の初日、小鳥遊たち臨店チームは準備されたファイルを細かく検証し、指摘事項をメモに詳細に記録していく。彼らが注目するのは、個々の取引先に対する正確な実態把握ができているか、それに基づいた格付け設定は適切であるか、総合的な与信判断は妥当であるか、業績不芳先への管理強化は図れているか、業績良好先への提案型業務はしっかりとなされているか、等々であり、これらを入念に観察していく。

午後三時になると、支店の中核を成す人物たち―支店長、副支店長、次長、融資課長、代理、係員―を一堂に集めて、指摘事項をもとに討議を展開していく。この討議こそが、臨店指導の醍醐味とも言える瞬間である。

長崎県平戸支店での臨店討議の印象的な場面を覗いてみよう。

小鳥遊が意識して低い声で口火を切った。冷静さを装うために他ならない。

「皆さん、今日集まっていただいたのは、ただ単に問題点を指摘するためではありません。我々が目指すのは、融資先の実態を正しく把握して格付けに正確に反映させ、攻守の切り分けを明確にしていくことです。ご存じのように、格付けの低い先、すなわち問題先に対しては管理強化を図り、逆に格付けの高い優良先には提案型業務を推進しなければなりません。何度でも言いますが、そのためには実態把握をしっかり行うことが肝要です。そして取引先には自信をもって問題点を指摘し一緒になって改善策を講じていくことが信頼に足る銀行として評価されることになります。それが持続可能な支店業績向上にも繋がるのです。わがチームが各ファイルから浮かび上がってきた問題点をリストアップしましたので、一緒になって正しく実態把握を行い、取引先と共に解決策を講じていくことで、より強固な平戸支店を築いていきましょう」

小鳥遊の言葉は、営業店メンバーの心に直接響き渡る。指摘事項をただ受け入れるのではなく、それを成長への糧とし、共に改善に取り組む姿勢が大事なのだと強調している。この討議を通じて、平戸支店のメンバー一人ひとりが、自分たちの仕事に対する新たな視点を得ることにつながっていくのだ。

平戸支店の会議室には常に緊張が漂っていた。

小鳥遊が指摘事項メモを手に、フッと息を吐いた。

「臨店指摘事項メモ一番、白寿島《はくじゅとう》産業機械から始めます。担当はどなたですか？」

小鳥遊の声が会議室に響き渡る。

「ハイ、川瀬秀満です」

「面白い会社名ですね。名前の由来は確認していますか？」

川瀬が答えた。

「ハイ、創業者の先代が九十九歳（白寿）になられた時に、二代目のご子息が株式会社に組織変更されましたので、白寿を頭にして島をつければ九十九島にも通じるとの理由から、白寿島産業機械と命名されました」

「よく確認できていて結構です。地元の経済発展に貢献したいという強い意志が感じられますね。会社名は、創業者の夢や理念が込められているものですから、全取引先についても確認しておいてください。そこを契機にして話題を広げることで、社長も喜んで情報を提供してくださると思いますよ。取引深耕の足掛かりにもなりますね」

「はい、社長もそのように仰《おっしゃ》っていました」

川瀬は頷《うなず》いて、社長の喜ぶ顔を思い浮かべた。

小鳥遊は次の指摘に移る。

「直近二期の売上高減少の要因は、大口納入先である平戸鋼板株式会社の業績不振によるものと分析していますが、同社の中長期計画は入手しましたか？ファイルには添付されていませんね。当該企業は当社の業績推移に大きな影響を及ぼす可能性がありますから、もし未入手であれば、指摘事項回答日までには入手して分析しておいてください」

川瀬は小鳥遊の指示を真剣に聞き、メモを取る。このやり取りは、単に指摘と応答以上のものだった。それは、営業店としての課題への取り組み方、そして問題解決に向けての本部・営業店共同作業の重要性を示していた。小鳥遊の指導は、ただの指摘を超えて、より深いビジネスの理解と関係構築のアプローチを育もうとするものだった。

平戸支店の会議室、その空間は緊張と期待で充満していた。小島遊は、すでに進行中の議論の流れを自然に変えながら、再び白寿島産業機械に関する次の指導へと舵を切った。彼の声は落ち着いていて、それでいて情熱が込められている。

「白寿島産業機械は、業歴五十年の老舗企業であり、資産背景も豊富ですね」

川瀬が答えた。

「ハイ、天神通り沿いの本社ビルは自己所有であり、その他にも県道一五三号沿いに賃貸ビル三棟を保有されています」

小島遊は本題に入っていく。

「それらの不動産や保有株式等の時価と簿価の乖離幅を調べて、実態バランスシートに反映させてみてください。」

小島遊の指示は明確だった。

「そうすることで、当社の資産余力がはっきりとします。そして、結果次第では積極的な支援方針を打ち出せる先として、さらに手厚いサポートが可能になるでしょう。斯かる手順を踏めば、当行も自信を持って取引先のお役に立ち、ひいては地元経済に貢献できるはずです」

会議室の空気が変わる。小島遊はさらに視線を左手のテーブル席に向けた。

「支店長、融資課長。優良企業への支援拡大と、業績が振るわない企業への管理強化、この両面から実態バランスシートの活用を進めてください」

彼の声には確信が込められていた。

「わかりました」

支店長と融資課長の声が揃った。

このやりとりは、ただの会話以上のものだった。それは、取引先の真の状況を把握し、与信管理の手法を精緻化し、そして攻めと守りのバランスを如何に取るか、その具体的な指針を示している。臨店指導チームの指導の下、平戸支店のスタッフは実例を通して、その重要性と具体的な動き方を学んでいくのである。ビジネスの世界では、このような洞察と対応が企業を成功に導く鍵となると小鳥遊は確信している。

会議室の掛け時計が午後四時半を指す頃、平戸支店での臨店指導は一段落を迎える。小鳥遊と彼のチームは、営業店の日々の業務への負荷を最小限に抑えるよう配慮しながら丁寧に作業を終えた。午後五時に営業店を一歩外へ出れば、一日の緊張からの解放感に包まれる。夕食は、長崎の海が育んだ白身魚の美味しさを堪能する楽しみが待っている。長崎県の海岸線は日本で二番目に長く、そこで獲れるタイやヒラメの舞い踊りは、格別の味わいを誇る。

翌日、二日目の臨店指導は、前日に終えられなかった取引先のファイル観察から始まる。小鳥遊たちは初日と同じ手順で、残された作業に取り組んだ。午後には、融資事務管理の問題点や教育の充実度、経営方針の妥当性など、臨店指導マニュアルに基づいた細かな観察を行ってゆく。作業の合間には、階下へ下りていき、営業フロアの活気やスタッフ間の連携プレー等を観察し、これらも総合評価に反映させてゆくことになる。

午後二時からは、臨店指導室の三名で集まり、与信管理、営業推進、事務管理、人事・教育、経営方針の各項目について協議し、それぞれに点数を付ける。最終的には、これらの評価をもとに支店および支店長の総合評価を決定していくのだ。評価体系は、AランクとEランクを各5％、BランクとDランクを各20％、そしてCランクを50％に収束させるよう設計しており、これによって理論上全体のパフォーマンスを公正に評価する仕組みを確立している。

このようにして、小鳥遊と彼のチームは、厳しいが公平な評価を通じて、支店の更なる成長と地域経済への貢献を目指しているのである。

午後三時、緊迫した空気が再び平戸支店の会議室を包み込む。小鳥遊と彼のチームは、二日目も初日に引き続き、厳密に書き上げた指摘事項メモに基づいた討議を展開した。この時点での緊張は、ただ単に終わりに近づいているからではない。営業店にとって命運を分ける瞬間、すなわち支店評価の発表が迫っているのだ。

いよいよ支店評価の発表だ。

小鳥遊は、与信管理、営業推進、事務管理、人事・教育、経営方針という重要な五項目についての、それぞれの優れた点と改善が必要な点を挙げ、総合的な所見を述べた後、緊張の中で総合評価を発表した。この瞬間が、臨店指導のクライマックスであり、現場での活動はここにてThe Endを迎える。その後、小鳥遊はこの結果を本部に持ち帰り、本部長会での発表を経て、各部門にフォローを依頼する。

斯様な流れで、本店営業部、長崎営業部から始まり、浦上支店、諫早支店、島原支店、平戸支店、松浦支店、福江支店、壱岐支店、対馬支店、伊万里支店、佐賀支店、嬉野支店、福岡営業部、小倉支店、東京支店はじめ肥前銀行の全店舗が、小鳥遊たちの専門的な臨店指導を受けるのである。

臨店指導室メンバーは、臨店回数を重ねるごとに他店との比較を通じて更なる洞察を得ていく。その洞察は臨店指導室自身のレベルを引き上げ、指摘事項の的確性を増すことに繋がる。結果として、全店的な融資レベルの向上に繋がっていく。つまり、これからの地道な指導の累積が、肥前銀行全体の質を高めていくことになるのだ。

営業店臨店指導の舞台裏では、既存の勢力との間に微妙な軋轢《あつれき》が生まれていた。

肥前銀行では、臨店指導室以外にも営業店統括部が業績向上を目的とした営業店指導を担っている。長年にわたり業務推進の企画・指導を行ってきた営業店統括部から見れば、メガバンクから派遣されてきた人物がクレジットファイル（取引先ごとの稟議書ファイル）を基に指摘や提案をすることは、既存の営業活動に無用な混乱をもたらすだけだとの思いが強かったようである。

例えば、外為業務のように従来重点を置いてこなかった領域を突かれると、営業店にとっては戸惑いの元でしかない、などの認識である。事実、外為のバックオフィス機能がまだ確立されていない状況で、銀行として取引先のニーズを深く理解し、適切な指導を行うことは一筋縄ではいかない課題ではある。しかし、将来を見据えた場合、外為業務は顧客サービスの向上や銀行収益拡大の両面から拡大すべき領域であったので、外為指導は続けたが、当面の評価対象からは外すことにした。

営業店統括部はただの対立者ではなかった。同部は銀行内の優秀な人材を企画部や人事部と分け合う「最強セクション」である。本部内での調整を進めていく過程で、彼らは臨店指導室の長所を上手く拾い上げ、営業店をより高い次元へと導くための架け橋となってくれた。

このようにして、内部の緊張が徐々に和解へと変わり、肥前銀行全体が一致団結して質の高いサービス提供へと向かう大きな流れが生まれていった。それは銀行の内部だけでなく、地域経済に対する貢献へとつながる重要な一歩となったのである。

その瞬間《とき》、小鳥遊の脳裏を強烈な疑問が駆け巡った。

彼は心の中で囁いた。

「肥前銀行の各営業店を巡る中で、個々には問題点はあるものの、全体として健全な営業店運営がなされており、行員たちは素直で能力も高い。そんな銀行がなぜ破綻の危機に瀕しているのか。名門として長い歴史を持つ肥前銀行が、どうしてこのような事態に陥ったのか。原因は何なのか……」

その疑念は尽きない。

「確かに、人口減少が進む地方では少子高齢化を背景に景気が沈滞しており、地方銀行経営は厳しさを増している。しかし、臨店指導で直接目の当たりにした現場の頑張りは、現実に置かれた辛い立場を説明できない」

小鳥遊は原因を探る過程で、インターネット上の同行沿革欄に一つの重要な手がかりを見出した。

そこには、「一九九八（平成一〇年）五月二九日、宝飾品販売会社（暴力団のフロント企業）に対する五十三億円にも上る不正融資事件が発覚し、兼高前頭取らが特別背任容疑で逮捕された。この事件は兼高前頭取の女性問題が発端とされ、ワンマン経営による不良債権の拡大が銀行経営に重大な影響を及ぼした」という記載があった。

この事件こそが、肥前銀行が直面する危機の核心的な原因だった。過去のワンマン経営による不適切な処理が長年にわたり蓄積され、今日の経営難の直接的な引き金になっている。肥前銀行の現場がいかに頑張っていても、このような過去の負の遺産が銀行全体を重く圧迫しているのだ。

事件の影響は深く、肥前銀行にとって決して忘れることのできない暗部となった。

「融資したフロント企業が偽の印象派の絵画を作り、高額で売買することで資金洗浄を行ったとして裁判にかけられた」

その舞台が東京の銀座であったというのだから、その衝撃は計り知れない。この事件が銀行の経営破綻に繋がる重大な要因の一つとして記録されているのだ。

小鳥遊は、臨店指導を通じて観察してきた、懸命に働く行員たちの姿を思い浮かべると、斯かる事態を招いた元経営トップに対して無性に腹が立った。

(地道な臨店指導の積み上げで、銀行全体の質を上げ、業績を伸展させていくしかない)

小鳥遊は決意を新たにした。

小鳥遊には、仕事に慣れてくると現れる癖があった。それは、取引先ファイルを深く観察し、地域の歴史や文化に触れるうちに、その土地の深い魅力に心を惹かれ、もっと探求したいという強い願望が頭を擡《もた》げるのだ。四葉銀行時代もそうであったように、彼はこの習性を長崎での臨店活動でも抑えられずにいた。

臨店指導の最終日の翌日が移動日となる五島列島や壱岐、対馬などの離島において、他の臨店メンバーが朝の飛行機に搭乗するなか、一人レンタカーを借りて地域を散策した。彼はこれを〝歴史文学紀行〟と称し、日常を離れ、時空を超えた探索を愉しむのだ。

休日には、長崎県内の佐世保市、長崎市、平戸市、松浦市、島原市を始め、佐賀県内の佐賀市、有田市、伊万里市、嬉野市などを隈なく巡った。ドライブを兼ねたこれらの小さな旅は、地域に深く根差した肥前銀行としての役割を再認識する機会ともなった。彼は、過去の不祥事に対する怒りを、地域の魅力を再発見し、それを広く伝えることで、肥前銀行としての新たな価値を創造する力へと変えていこうとしたのである。

小鳥遊は、出向先の肥前銀行から四葉ＣＬＯ銀行に戻った後、両行の臨店指導時に廻った地域の色彩、郷土色を紀行文として出版することになるのだが、この時はそんなことなど微塵も考えていなかった。彼の頭の中は、元寇の遺跡を辿り、松尾芭蕉の弟子である曽良の足跡を追い、朝鮮半島の輪郭を海の彼方に望み、天草四郎と島原の乱の激動の歴史を回想し、出島で繰り広げられたオランダとの貿易に思いを馳せていたのである。彼の心の中で育まれた豊かな日々の空想は、やがて彼自身さえも驚く形で世に出ることになるのだった。

この体験が、彼の人生の新たな一面を切り開くきっかけともなることを、その時の小鳥遊は知る由もなかった。

〈実質被合併行の悲哀〉

転機はいきなり訪れた。

対馬の厳原《いずはら》港から乗ったタクシーは風光明媚な道を宿泊ホテルに向けて進んでいた。小鳥遊は、これまでの臨店指導の日々と、それがもたらした変化に思いを馳せていた。しかし、その静かな反省は、スマートフォンの急な呼び出し音によって中断された。

「小鳥遊部長、移動中にすみません。」

柳田謙二企画部長の声がスピーカー越しに聞こえてきた。バリトンが魅力の声である。

「移動されている最中に恐縮です。いきなりですが、我々は今朝の取締役会で博多銀行との合併を決定しました。これからの期間、本部や各支店は大変忙しくなります」

小鳥遊は驚きを隠せなかった。

「合併ですか……それは大きなニュースですね」

「ええ、大きな変化です。そして、山根さんには博多銀行との交渉を主導してもらうことになりました」

柳田部長の声にはある種の決意が感じられた。

「申し訳ありませんが、これに伴って臨店指導は一旦中断していただくことになります」

「了解しました。今後の指示に従います」

小鳥遊は努めて落ち着いた返答をしたが、内心では今後の変化への不安と期待が渦巻いていた。

タクシーはその後も黙々と目的地に向かっていたが、小鳥遊の気持ちはすでに次のステージへと向かっていた。

二日間の対馬支店臨店指導を終えて、翌週月曜日に審査部に出向いた。そこに博多銀行からの来訪者が雪崩れ込んできた。対等合併という建前ながら、その占領軍的な態度からは吸収合併された感が否めなかった。

「肥前銀行の審査がいかに甘かったか、実態を拝見させてもらってよく分かりました」

一人の博多銀行の行員が辛辣に語りかける。

「なにせ、いい加減な審査のせいで、大きな損失を出してしまったんだからね」

占領軍の将校らしき行員は情け容赦ない言葉を浴びせた。

（そんな言い方は失礼だろう）

小鳥遊は、そう言いたい気持ちを抑えた。

四葉ＣＬＯ銀行の小鳥遊が、合併手続きを進める銀行内を闊歩する様は、博多銀行側にとって不快な光景だったに違いない。合併の荒波の中、肥前銀行の北御門《きたみかど》篤夫《あつお》専務との面談を経て、小鳥遊は四葉ＣＬＯ銀行に戻ることになった。小鳥遊にもはや選択の余地はなく、人事異動の一環の体であった。

この転換点が、小鳥遊の人生にとって意味するものは大きかった。企業間の漂流が、彼の中で新たな哲学を芽生えさせた。これからの人生を、時宜を見越した転職を通じて、まるでゲームの主人公のような身軽さで謳歌する―そんな精神が、彼の中に確固たるものとして根付いていった。執筆活動が彼の人生の航路に加わり、その旅路はさらに豊かなものになっていく。

四葉ＣＬＯ銀行への帰還は温情を伴って迎え入れられた。一抹の罪悪感があったのであろう。

一方、小鳥遊はこの帰還を新たな出発点と捉えた。

（ここからが第二の人生のスタートだ。マイペースでやっていこう。どげんかなるさ！）

と心に呟いた。

人事部から電話が入った。

「次の出向先が決まるまで、携帯電話が繋がる場所であればどこにいても構いません。銀行に出社された場合の席もご用意していますので、自由にお使いください」

（窓際の外に追い出された）

とは思わずに、

（望外の自由を得た）

と喜んだ。

この自由は、結果的には四ヶ月後のマグナムテクニカへの転職まで続き、有給フリータイムという、夢にも思わなかった幸運が転がり込んできたのだ。

その間、五十二歳の節目に立った小鳥遊は自身の生活を深く見つめ直すことにした。

一言でいえばよく勉強するようになった。若い頃からやっていればという後悔の念はなく、新たな好奇心とともに学びの世界へと再び足を踏み入れたのだ。年齢を重ねることで得られる深みと経験を武器に、学びは彼にとってこれまで以上に魅力的な道標《みちしるべ》となった。

日常生活は、ゴルフや友人との歓談、読書、カラオケといった充実した時間は許容し、一方で麻雀やパチンコといった無駄な時間とは断捨離した。飲酒は続けたものの、四十歳で止めたタバコへは二度と回帰しなかった。簿記や財務、法務といった分野で様々な検定を取得することで知的な成長を内面に蓄える一方で、長年の挑戦であった社会保険労務士の資格も二〇〇八年八月の試験に合格して取得した。

それでも、彼の自由な時間を十分には埋め尽くすことができなかった。そんな中、小鳥遊は四葉ＣＬＯ銀行の臨店指導室時代からの知己であり、いつも行動指針を示していただく蓮池重弘先輩を訪ねた。

蓮池さんとの対話は、小鳥遊の未来に大きな転機をもたらした。

「君は臨店時にその地域の歴史文学の話をノートに記録していたよな。あれは素晴らしい資料だ。それを本にして出版してみないか？新人作家にとっての登竜門である文芸交遊社に持ち込んでみたらどうだ」

この一言が、小鳥遊の次なる航海のタッキングとなった。タッキングとは、風を切って船首を回転させ、ヨットの進む方向を変える操作をいう。蓮池さんの提案は、彼にとって新たな創造の扉を開く鍵となり、その後の執筆活動へと繋がっていく。これまでの経験と学びが一つに結実し、小鳥遊は自身の体験と感動を作品にする旅を始めることになるのであった。

小鳥遊がついに踏み出した出版の旅は、彼が記した紀行文を携え、文芸交遊社の出版相談会に向かうことから始まった。手元にあったA４判のノートに書いた紀行文をA３判でコピーして出版会に臨んだのである。出版の可能性を模索する彼の姿は、ある種の冒険者のそれだった。

文芸交遊社で彼を迎えたのは、編集担当の大西祥吾である。出版の世界における基礎知識から、彼の作品が歩むであろう道について、丁寧な指導がなされた。

「出版には自費出版と商業出版の二種類があります。価格がついて書店やネット通販で売り出すものと、親族や仲間に配るために製本するものとの区分ともいえます。価格がつくものは出版社の名誉にも関わるものですから審査は厳しくなります。お持ち込みいただいたコピーは当方でお預かりさせて頂き、結果については一週間後くらいにご連絡いたします。予めお断りしておきますが、初回は自費出版になります。閣僚経験者や芸能人等の執筆者自身が有名人であり出版部数が伸びると確実視されるケース以外は、まず自費出版からのスタートとなるのです」

大西からのいろいろな説明は、小鳥遊にとって新たな知見となっていった。

五日後に届いた回答は、彼にとって喜びの知らせだった。

「文芸交遊社から一般書籍として出版させていただきます」

という言葉は、彼の夢が現実のものとなった瞬間を告げていた。そして、新たな編集担当として笹田寛が紹介されたことで、彼の出版への道はさらに具体化していく。

文芸交遊社から届いた手紙は、単なる紀行文の講評に留まらなかった。そこに記されていた「作品講評」は、小鳥遊の文章に新たな次元を加えるものだった。彼の紀行文が、ただの旅の記録ではなく、歴史文学的な価値を持つ作品として評価されたことに、小鳥遊は深い感動を覚えた。その講評を記録したメモは、彼がその時に感じた感動の深さを今に伝えている。

「作品講評

⑴著者の紀行文における独自性は顕著であり、その内容は単なる現地印象の綴りに留まらず、堅固な文学観と歴史観に裏打ちされている。彼の文学観は、自作の句の掲示や文学を題材にした文章の存在からも明らかである。一方、歴史観においても、司馬遼太郎や遠藤周作の作品を引用しながら、訪問地の歴史的背景を語るスタイルは、歴史と文学の分かちがたい関係を示している。

⑵著者はその視点を通じて、観光地そのものよりも、歴史的に忘れ去られた場所や文化的に重要な地点を訪れることに関心を寄せている。そのような場所から得られる洞察や、そこで出会った人々との交流が、本作の際立つ特徴となっている。

⑶遠藤周作の『沈黙』を主題にした部分では、その作品がもたらした印象と、訪れた地での体験が深く結びつき、文学と実地の融合が見事に表現されている。こうした深い文学的洞察と実地

訪問の組み合わせが、この紀行文を格別なものにしている。
(4)総じて、この紀行文はただの旅行記ではなく、著者が歴史や文学に対して持つ深い理解と、それを現代にどのように繋げるかという試みによって、新たな紀行文の形を示している。この点で、著者は紀行文というジャンルにおいて、独自の地位を築いていると言えるだろう。
等々」


特に、作品講評の(1)と(2)は小鳥遊が目指していたベクトルと完全に一致していたのである。

小鳥遊は、これまでの旅路を綴ったノートを基に、紀行文の執筆に取り掛かった。ノートに残された走り書きから、かつての風景を一つずつ蘇らせながら、文章の体裁を整えていく作業は、彼にとって時に苦しく、時に楽しい挑戦だった。挿絵を加えることで、文字だけでは伝えきれない情感をも読者に届けようと試みた。

彼の筆は止まることを知らず、ともかく一瀉千里《いっしゃせんり》に紡いでいった。そこで完成した原稿を読み返すと、自分の未熟さに頬を赤らめる始末だ。だが、「推敲は裏切らない」という信念のもと、何度も何度も文章を磨き上げていくうちに、幼稚だった文章が徐々に洗練されていくのを感じた。

この創作活動に、初めて専属の編集者が加わったことは小鳥遊にとって新たな試練でもあった。笹田出版部編集課長は、その風格ある中年の容姿で彼の前に現れた。二人はこれから創造の旅を共に歩むパートナーとなるのだ。

筆を進める中で、笹田課長との書類のやり取りを通じて、表現方法の相談や作品の磨き方について学んでいく。

（さすが編集者の視点や専門知識は、作品をより魅力的に、そして読者にとって価値のあるものへと変えていく力を持っているものだ。何より読者目線で話してくれるから有難い）

商業的な観点からの修正要請も、読者に届く作品を目指す小鳥遊にとっては、貴重な指摘だった。

小鳥遊は、笹田課長の意見や提案を真摯に受け入れ、自身の作品を批判的に見直し、より洗練された作品へと仕上げていく決意を新たにした。この共同作業は、彼にとって価値ある経験となり、その創作活動を大きく前進させることになる。

小鳥遊の紀行文の執筆から出版までの旅は、想像以上に膨大なボリュームとなり、結果として二冊の書籍『サラリーマン出張見聞録(上)』と『サラリーマン出張見聞録(下)』の出版に至ることになった。特に西日本編は、彼が肥前銀行に在籍していた期間の紀行文が多くを占めた。

ペンネームを「島遼作《しまりょうさく》」とした。

彼自身のアイデンティティと、尊敬する文豪たちへの敬意が込められた名前である。すなわち、島国日本を象徴する「島」、司馬遼太郎への憧れを示す「遼」、そして遠藤周作の作品『沈黙』に対する深い感銘を表す「作」で構成されている。

「紀行文に相応しいペンネームだろう」

と友達に自慢すると、

「課長島耕作の盗作だな。いっそのこと島盗作としたらどうか」

と冗談めかして批評されたものの、小鳥遊は自分の選択に誇りを感じていた。

銀行時代に臨店指導室に在籍した経験がなければ、全国を巡る機会もなく、結果として出版の道を歩むこともなかったであろう。

（人間万事塞翁が馬か）

小鳥遊は人生の不確かさや意外性に思いを馳せながら、林住期《りんじゅうき》への希望を見出したかのような心境だった。

（この馬に乗って行こう）

これからも未知の道を恐れずに進んでいこうと誓った。

「どげんかなるさ！」

小鳥遊のキャリアパスは、「キャリア成長」の典型を一貫して示してきた。

地方銀行間の合併という貴重な経験は、彼の職業人生において重要な転機となった。特に、被合併銀行である肥前銀行に身を置いたことは、企業組織に対する帰属意識を揺るがし、彼の職業観を大きく転換させた。

客観的に見ると、そのまま転職して肥前銀行に留まる可能性も高かったが、合併を機に彼は弾き出される形となった。このことも彼の会社に対する帰属意識を薄れさせ、転職という選択肢を座右親しき場所に置く素地を芽生えさせた。また、ここに至る過程で直面した過去の不祥事とその影響に対する憤りも、彼の職業人生に対する見方を一新させる一助となった。

このような体験を通じて、彼は転職を単なる職場変更ではなく、人生の新たなステージへの積極的な進出と捉えるようになり、職業生活における新たな「パッションや興味」を育て始めた。

次のマグナムテクニカ㈱への転職は、彼にとって仕事と執筆活動のバランスを取りながら、本当にやりたい仕事や興味を持つ分野に携わりたいという自己実現と成長のための意識的な選択だった。しかし、マグナムテクニカでの業務に足を踏み入れた瞬間から、ただ職場を変えただけでは希望を必ずしも叶えられるものではないということを痛感させられることになる。

影　道

小鳥遊の「物書きとしての素地」はいつ養われたのだろうか。

物書きとしての素地がいつ形成されたのか、それは少年時代に遡《さかのぼ》る。文学に対する彼の憧れは、亡き母親からの影響が非常に大きかった。新聞で目にする母の投句、地域の研修会での詩吟の稽古、そしてどこからともなく聞こえてくる北原白秋のメロディーなど、文学少女がそのまま大人になったかのような母だった。母が楽しそうに詩歌の説明をするその瞬間は、彼にとって最も幸福なひとときであった。読書後に感想文や要約を書く習慣も、このような環境の中で自然と育まれたようだ。

やはり執筆活動へ決定的に背中を押したのは、出版社からの自作に対する「作品講評」で得た感動であった。小鳥遊がさまざまな土地を巡り歩きながら思いついたことを綴っているだけの紀行文を、歴史と文学を融合させた深い洞察を込めて講評を加えてあり、これまでに経験したことのないような身震いするような感動を覚えたのだ。まるで、未知の宝物を自分の中に見つけたかのように出版への意欲が湧き上がった瞬間だったと言える。

第三章　マグナムテクニカ㈱【新宿】〈二つ目の転職〉

業界戦国絵巻『家康と正信』、プロパー社員、主力行出身者

〈二〇〇七年十月（五十二歳）〜二〇〇八年十二月（五十三歳）〉

　空は鉛色の雲に覆われ、小鳥遊《たかなし》芳夫の足取りもどこか重たい。彼はいつものように十一時半に午前の仕事を切り上げ、「ちょいプラ亭」へと向かった。この店で毎週一度は昼食を楽しむ。その味もさることながら、彼の心を引き付けるのは、毎回サービスされる季節の果物や甘味の小さなサプライズだ。四月は一粒のサクランボ、八月のスイカの一切れ、十一月の孤独な栗……。この日、何の変哲もない豆腐の一切れだったが、予想が的中した彼は宝くじに当たったかのようなささやかな高揚感に満たされた。

　二つ目の転職であり三つ目の職場であるマグナムテクニカ㈱に入社して半年が経過しようとしているが、近頃とみに疲れがたまってきているように感じる。昼食後のひと時、十二階の会議室

での小休止が、彼の短い逃避行であった。


〈業界戦国絵巻〉

レム睡眠が訪れたのであろうか、夢枕に是枝省吾社長を徳川家康、佐川和孝専務を本多正信に扮した重厚な戦略会議の場が、幻影となって浮かび上がった。

小鳥遊は、歴史上の人物を登場させて物事を見ることで、現代の複雑な世界を客観的に把握しようとする。最近では職業柄か自動車業界の夢がよく登場する。特に、本多正信のように裏表を使い分ける智謀は、夢を企業小説として殊更に面白くしてくれる。そして彼は思う。

（現代のビジネス戦線の醍醐味は、戦国時代の英雄たちと共有できるのではないか）

最後は割り切る。

（それで誤ったとしても、誤りの幅は狭くて済む）


戦国絵巻は展開を早めた。

まず重苦しい沈黙を破るかのように家康社長が口を開いた。

「それにしても今年のリーマンショックには驚いたぞ、弥八郎」

家康は今でも二人きりになると、正信のことを幼名で呼ぶ。リーマンショックとは、二〇〇八年九月に発生したアメリカの大手証券会社であるリーマン・ブラザーズが破綻して惹起《じゃっき》した金融危機のことである。当該危機は世界中の金融市場に大きな影響を与え、未曽有《みぞう》の景気後退をもたらした。

正信は、相槌を打ちつつ胸を撫で下ろした。

「無借金経営を堅持してきたことが、この難局を乗り越える鍵となったと申せましょう。ほんにようございました」

マグナムテクニカは、自己資本比率75％超の財務基盤強固な東証一部（現プライム）上場企業である。メガバンクいなほ銀行が大株主かつ主力行の地位にあり、資金調達や海外展開支援を独占的に行っている。

リーマンショックという歴史的瞬間は、自動車市場に未曽有の打撃を与え、多くの企業が生き残りを賭けた戦いを強いられた。消費の低迷、融資の難航、サプライチェーンの混乱……。これらはすべて、自動車業界が直面した試練であり、それを今まさに夢の中で小鳥遊が目の当たりにしているのだ。

正信と家康、二人の策士はリーマンショックを関ヶ原の戦いの再来とばかりに、自動車業界内での巧みな策略を楽しんでいる。

謀略と呼ぶ方がふさわしい彼らの策略は、絶えず市場の先を読み、裏の裏をかくこと。その戦略的な動きは、業界内で畏敬の念をもって見られている。この二人の間の、一風変わった主従関係とは、まさに策略と謀略を愛する心から生まれたもので、難解な仕事ほど彼らの心を高揚させるのだ。

家康と正信の国際展開に向けた戦略は、さらにＨＶ（ハイブリッド自動車）からＥＶ（電気自動車）へと視野を広げる。

「日本メーカーがＨＶ開発に熱を上げる中、アメリカのウーロン・デスクはＥＶの未来を切り開くモスラ社を設立させました。その野望は、特に大気汚染で悩む中国市場を狙っております」と正信が分析すると、

「中国が本格的にＥＶ推進を始めれば、ＢＹＥ（中国自動車メーカー）のような企業が先駆者となり世界の自動車市場は大きく変わろう。米国のモスラも、パブリック・モータースやスリードなどの巨大メーカーと競合する前に市場を掴もうと企んでおるかのようじゃ」と家康が深掘りする。

家康は、更にこのグローバル競争の潮流を見据え戦略の重要性を強調した。

「十四億人の市場と中国の国策が組み合わされば、ＥＶ大国への道は確実だ。我々も時代の波に乗り遅れぬよう、柔軟かつ主体的に行動せねばなるまい」

家康の心理戦は、戦国時代の武将そのものだ。彼の内面を探るかのような素振り演技は、周囲

を惑わせる戦略の一環かもしれないが、その真意を見抜けるのは正信のみである。

「弥八郎、一方で儂《わし》は全ての車をＥＶにすることが正解だとは思うておらぬ。時代の波に乗るだけが正しくはあるまい」

家康の言葉は、常に日本の自動車産業が直面する複雑な課題の核心を突く。ＥＶシフトがもたらす雇用への影響、出荷額の巨大さ、そして国内外の競争激化。これらはすべて、自動車産業が日本経済の基盤であることを物語っている。

「ＥＶ化はただの技術革新ではない。それは、雇用と経済を根底から揺るがす可能性を秘めているのだ」と家康は力を込めた。彼の怒りは、日本の技術と努力が国際競争で不当に軽視されていることへの反発でもある。

正信もまた、国際情勢の緊張と自動車産業の将来について深く考えていた。

「環境問題を政治的に利用する欧米の策略が見え隠れします。我々は、これにどう対応するかが問われていると申せましょう」

ＥＶシフトを巡る世界的な動きは、一見すると環境への配慮から来ているように見えるが、その背後には各国の産業政策や競争戦略があると見抜いている。

「脱炭素化への道は一足飛びではなく、助走が必要じゃ。ＨＶからＥＶへの〝軟着陸〟でなければ歪《ひずみ》が生じよう」

続けて家康は断じた。

「最終的には地球温暖化防止という大義を忘れてはならぬ。我らが務めは、持続可能な未来を創造することだ。マグナムテクニカの存続と発展のため、そして後世に責任を持って行動するため、我々は最善を尽くさねばならぬ」

正信は、家康の言葉に心を打たれ、とっておきの戦術を語ろうとした。


その時である。

「午後一時からのお客様が見えましたので、この会議室を空けていただけますか？」

昼下がりの光が高層ビル群を染める西新宿にあるSH新宿ビル23階のマグナムテクニカ会議室に総務課の野尻由紀子の声が木霊し、小鳥遊を現実へと引き戻した。腫れぼったい目をこすりながら、管理部長の職務にもどった。

マグナムテクニカは、創業から70年近くの業歴ある企業である。七百名余りの従業員を擁し、三河自動車、ムラタ、日興自動車といった大手自動車メーカーに部品を納める、自動車部品の製造・販売・加工のエキスパートだ。

会社内には、いなほ銀行出身の専務・常務を含む五人の重鎮が控えており、彼らの存在感が組織全体に圧倒的な影を投げかけていた。その力のバランスが、儚《はかな》げな平和を保つ上で微妙なリスクとなることを、是枝社長は敏感に察知していた。彼はこの不安定な均衡を是正するため、四葉CLO銀行という新たな勢力を迎え入れ、会社に革新的な活力を吹き込む決断を下したのである。小鳥遊はその戦略の最前線に立つ、この会社の初のいなほ銀行以外からの人材派遣の実験台といえる立場にあった。海外展開の拡大を見据えた戦略の存在も影響したようだ。

〈プロパー社員〉

管理部の職務は主に在庫管理であり、特に四半期決算を含む決算報告書作成過程における部品在庫数の確認が中核作業である。部品が多種多様に亘るため大変な作業ではあるが、所詮数合わせの単純作業である。小鳥遊は顧客相手の仕事が得意だったので、在庫管理という地味で時間さえかければできるような仕事に今一つ馴染めずにいた。

業務の単調さ以上に小鳥遊の心を重くしたのは、人間関係の複雑さだった。特に、彼の直属の部下であり、年齢が一つ下の広島隆課長との関係は、小鳥遊の心に大きな影を落としていた。

着任の頃、小鳥遊は広島との関係を深めようと、仕事帰りに居酒屋で一杯やる機会を多く持った。

「こんなにも俺たちを気にかけてくれる部長は過去にいなかった」

プロパー社員として鬱屈《うっくつ》した感情もあったのだろう、いなほ銀行出身者のほうに向かって大声をあげるのである。

その頃の広島は、何かにつけて協力的だった。彼はこの部門の経験が長くて、ノウハウの独占者的存在であったので小鳥遊にとっても頼もしい存在であった。独身であり、女性の前ではいい格好をしようとしがちであったが、その奥手な所作にはどこか憎めない印象を伴なって、小鳥遊の目には映っていた。

新年度の到来と共に、風向きが急変した。

社内人事で管理部メンバーが一名異動になり、気分一新効果を兼ねて席換えを行なうことになった。この機を逃すまいと広島は一計を案じて意見を述べた。

「小鳥遊部長には、管理部内の一番格式高い位置である奥の席に移ってもらうことにします」

彼自身が女性社員に囲まれたポジションを得たいという自己中心的な動機が透けて見えた。業務が絡むと「奥手振りが可愛い」などとは言っていられない。小鳥遊はその案を否定して毅然として断じた。

「広島課長、私は今の席が部署全体のコミュニケーションをとるのに最適であり、仕事の効率も上がりやすい。上座も下座も拘らないから、もっと実務に合った配置を考えてほしい」

そのやりとりがきっかけで、広島の態度は一変した。何かと小鳥遊に反抗的な姿勢を見せ始めたのだ。業務における彼との知識量の差は絶対的であり、小鳥遊はこの突然の敵意に対応する術を持ち合わせておらず、部署内で孤立無援の状態に追い込まれてしまった。

管理部のメンバーは、広島を敵に回せば仕事に不都合が生じるので誰も何も言わない。「部長も大変ですね」と、部員たちは同情を示すものの、誰一人として広島に立ち向かう者はいない。これは彼らが広島の性格とその影響力を熟知している証拠であり、小鳥遊はこの困難な局面で、孤独な戦いを強いられることとなった。

〈主力行出身者〉

そこに社内体制の変更に伴う人事異動が重なった。

事業本部制施行の段階で、青柳潤専務（人事所管）が、小鳥遊を管理本部長ではなく管理部長としたのである。いなほ銀行出身者の他部長が当然のごとく本部長になったのと比較すると明らかに実質上の降格であった。

広島との確執を収めきれないので辛《から》い評価を下したのだろうか。いや確執を利用したのかもしれない。

（社内全員が広島の性格を知っている。それなのに人事責任者が何の対策も打たないで新任の上司のみを降格させるとは言語道断だ）

〝成果は自らの上に、責任は他人に転嫁〟を地で行く人だとの社内の評判は聞いてはいたが、我が身に降りかかるとその重さたるや絶大だ……。

小鳥遊は地位に恋々とするタイプではないが、不合理な動きには敏感だ。

（まさか、是枝社長の動きを牽制するためにいなほ銀行が仕組んだ人事なのか？　四葉ＣＬＯ銀行追い落とし策なのか？　既得権確保策……？　こんな暴挙が許されるのか？）

小鳥遊にとってそれは謀略以外の何物でもなかった。

いなほ銀行の過去を振り返ると、合併という大きな節目において、システム統合の失敗という大失態を演じている。これは、金融業界における彼らの信用を著しく失墜させ、相継ぐトラブルでその評価をさらに地に落とした。小鳥遊はこの過去を思い返しながら、

（このようないい加減な人事を行う組織ならばさもありなんだ）

こうなると、青柳専務の動き方にいなほ銀行が凋落していった原因を結び付けたい衝動にかられた。

青柳専務は、いなほ銀行出身者の間でも煙たがられていた。

昼食を共にしたり会社帰りに一杯やることも多いいなほ銀行出身の膳場満部長がこっそり耳打

ちしてくれた。

「青柳専務はああいう性格だから、いなほ銀行出身者の間でも浮いておられるし、是枝社長も煙たがられていらっしゃるそうですよ」

いなほ銀行出身の方々は仕事が出来る上に己に謙虚な人ばかりであるが、青柳専務だけは猪突猛進型らしい。

青柳専務がいなほ銀行出身者の中でも、そして是枝社長からも煙たがれている、という事実は、小鳥遊にとってある種の救いであった。それは自身が直面している困難が、単なる個人的な問題ではなく、より大きな組織の問題の一部であることを示しているように思えたからである。

一連の出来事は、組織内の権力争いや背後で行われる人事の駆け引きを生々しく描き出し、企業の内部動態がいかに複雑かつ微妙なバランスの上に成り立っているのかを浮き彫りにしているように感じられた。


秋の終わりを告げる夜風が、西新宿の高層ビル群を吹き抜ける中、小鳥遊は自身の立ち位置を冷静に見つめ直していた。

二〇〇八年一二月の試行期限が迫る中、四葉ＣＬＯ銀行から「マグナムテクニカに転籍するか、四葉ＣＬＯ銀行に戻るか」の「意向調査票」が自宅に送られてきた。

マグナムテクニカでは、己のスキルと能力を存分に活かす場がなく、将来像を描けそうにない。アメリカの実業家でありGE（ジェネラルエレクトリック社）のCFOを務めたジャック・ウェルチの言葉が脳裏をよぎる。

「相容れないことがわかっていれば去りなさい」

小鳥遊はその言葉を深く噛みしめ、「どげんかなるさ！」と再び自分に言い聞かせながら、四葉CLO銀行への復帰を選び、新たな道を歩む決意を固めた。彼が封書を投函するその瞬間、冬の訪れを感じさせる強風が吹き抜けた。


十二月の月初朝礼の後で小鳥遊は是枝社長から呼び出され、社長室へ向かった。

「君が当社に残ってくれないという話を聞いたが本当なのかね。青柳専務と広島課長が原因だということだが、少しだけ我慢すればいいと思うがね」

是枝社長からの直接の問いかけに対し、小鳥遊は自身の決意を静かに伝えた。

「ご配慮頂き有難うございます。すでに四葉CLO銀行の人事面接時にそのように答えていますので、恐縮ですが後戻りはできないと思います」

「わかった」

是枝社長の態度は理解あるものだった。彼は常に社員のことを第一に考える人物で、小鳥遊の将来を思って、その決断を尊重してくれたのだ。

退職の日、新宿ゴールデン街での送別会は、小鳥遊にとって忘れがたいものとなった。辞めるとなると流石に淋しいものである。明日からは新宿駅を利用することさえなくなるのだ。大盛り上がりの中で送別会はお開きとなり、別れ際に膳場部長が耳元で囁《ささや》いた。

「青柳専務は虎ノ門にある関東自動車部品協会への転職が決まったようです。本人は栄転だと喜んでいましたが、体よくマグナムテクニカを追い出されたというのが実情ですよ」

事実そのものよりも、膳場部長の心遣いが今の小鳥遊には嬉しかった。

遊歩道

小鳥遊芳夫のキャリアにおける二度目の転職は、彼自身の内面と外部環境の葛藤の集大成であった。マグナムテクニカでの経験は、主力行出身者による主要ポストの独占と、プロパー社員との不和という二重の壁に直面し、そこに自らのスキルや能力を十分に発揮できない役職に対するフラストレーションが積み重なるという三重苦の状態に陥ってしまった。おそらく、二次の職場に合わずに辞める人の理由はこの三点のどれかが絡むケースが多いのではないか。

ジャック・ウェルチの言葉「相容れないことが分かっていれば去りなさい」が彼の決断を後押しし、次なるステップへと踏み出す勇気を与えた。ChatGPTの転職理由でいえば「パッションや興味」に近いものだった。

次の転職先のグレートテックへの移行は、小鳥遊にとって新たな挑戦であると同時に、自己実現への一歩でもあった。しかし、彼はこの転職を通じて、単に職場を変えるだけでは、内面の充足やパッションの追求には必ずしも結びつかないという教訓を学ぶことになる。真にやりたい仕事や興味のある分野に携わりたいという思いは、転職からだけでは実現しないことを、彼は痛感したのである。

第四章　㈱グレートテック【神田】〈三つ目の転職〉

下請けいじめ、先輩役員

〈二〇〇九年一月（五十四歳）～二〇一〇年三月（五十五歳）〉

三つ目の転職、四つ目の職場となる㈱グレートテック（以下、ＧＴ）は、都内でテナント室数トップスリーを謳うＦＯＳビルの七階に本社を構えている。エレベーターを降りて左端の一番狭い応接室は、昼休みには小鳥遊《たかなし》の仮眠室に変わる。小鳥遊は昼寝を健康維持の重要な手段と心得ている。この習慣は、平成八年（１９９６）から八年間に渡ってフジテレビで放送された堺正章司会の「あるある大事典」の影響を受けてから始まった。通勤途中に立ち寄る喫茶店では、放送で紹介された「目や口や頬の運動」も実践している。おかげで視力は向上し、前回の運転免許証更新時には「要眼鏡」の条件が外れたほどである。口内炎ともお別れできた。

これら健康維持に欠かせない習慣が、数ヶ月の間、ある不愉快な出来事によって忘れ去られようとは、小鳥遊自身も想像だにしていなかった。

GTは東証一部（現スタンダード）上場の特殊産業機械輸入卸の専門商社である。商社事業はペットボトル関連検査機器、オンデマンドデジタル印刷機器、3Dプリンタ、光ディスク（DVD／ブルーレイディスク）製造関連機器、半導体製造装置、化粧品製造装置、医療器具製造装置、水処理装置、ICカード・タグ関連装置等々の多様な商品、製品、サービスを扱っており、各種メーカーを中心に販売している。

会社の特色としては、産業機械の輸入専門商社として、欧米の最先端のテクノロジーを取り入れた様々な機器を取り扱い、市場環境の変化や得意先企業の多様なニーズに合わせて取扱製品分野（ICカード関連機器、セキュリティ関連機器、ナノテク関連機器など）を広げており盤石な営業基盤を有している。

主力行とは貸出コミットメントライン契約（八億円）を締結しており、随時の資金需要に対応している。かつ現預金が極めて潤沢であり実質無借金経営である。

また輸入決済に関しては、主に送金ベースで行われており、現金払いであることにより、国際的なビジネスでも優位な取引条件を確保している。

〈下請けいじめ〉

社風は爽やかで、業績も順調推移中であり会社自体は頗《すこぶ》る活気に溢れているのだが、近頃とみに闇の部分が目につくようになった。着任してから二か月ほど経過し、社内の雰囲気に馴染むにつれて周りが見えるようになってきたからでもあろう。

ある日、信用調査機関の日報のなかに「尾形合成樹脂工業㈱倒産」の文字が躍っているのを見つけた。

「尾形合成樹脂工業㈱（群馬県、設立昭和二十五年三月、尾形博社長、従業員五十名）は二〇〇九年三月三〇日、前橋地裁に民事再生手続開始を申し立て同日、保全命令を受けた。負債総額は約三億円」

（こういうことだったのか）

入社からわずか二カ月しか経っておらず、前後が判然としないままに強烈なアッパーパンチを喰らった思いであった。

（GTに垣間《かいま》見える闇の部分はかなり根が深そうだ）

そう思わざるを得ない。

経理部長として着任して間もない頃、商売の実態を未だ把握しきれていない段階で、小鳥遊は

〝下請けいじめ〟の気配を感じ取っていた。それは堂下一輝プラスチック事業部長と顧客との電話でのやりとりを漏れ聞いたときからである。

「尾形社長ができると言われたから特殊プラスチックケースを発注したんですよ。それを今更納期に間に合わないなんてよくも抜け抜けと言えますね。私は忙しくてもう何日もまともに寝ていないのです。尾形社長も寝ないで頑張ってくださいよ。わかりましたね！」

「ガチャーン！」

受話器を激しく置く音が、夜半のフロアに響き渡った。

小鳥遊はそのけたたましい音が、GTがどれほど無理な要求を下請けに強いているかを物語っているように感じられて思わず身震いした。

（相互に対等な関係ならばまだいい。これでは都心の上場企業が田舎の中小企業をイジメているだけではないか）

しかもただのイジメではない。

（闘犬みたいな弁護士で背後を固めて難癖をつけている）

こういう景色は目にしたことがなかった。

（〝下請けいじめ〟とは、こういうことではないか）

下請法とは正式名を「下請代金支払遅延等防止法」といい、資本金の額が三億円以下の事業者を保護する法律である。大企業が優越的地位を悪用して下請け業者に無理難題を押し付けることを防止しようとする主旨である。

小鳥遊は深夜のオフィスで、目の前に広がる資料に眉を寄せた。彼が手掛ける訴訟文書は、一見、企業の利益を守るためのものだが、その本質はずっと深いところにあった。彼の心は重い葛《かっ》藤《とう》に喘《あえ》いでいた。

（法学部では社会正義を学んだのではなかったのか）

大学では大して勉強したわけでもないのに、それでも法学部で学んだ社会正義の概念と今進行している行為との乖離の大きさに愕然とするばかりであった。

（弱肉強食の論理ばかりが資本主義下での企業間の唯一絶対の論理ではないはずだ）

小鳥遊は窓の外の星を眺めながら自問自答を繰り返した。

尾形合成樹脂工業は昭和二十五年（一九五〇）三月に設立した川中食品㈱が前身で、昭和四十四年（一九六九）四月、プラスチック成型加工に業態を転換した。ＤＶＤケース・化粧品容器・ゲームソフトケース等の成型加工が主力で、本社近隣に三工場を設置し、地区有力のプラスチック成型加工業者に成長した。既存先からの受注増で平成十七年（二〇〇五）二月には沼田工場を開設してDVDケースを中心とした増産体制を整備した。二〇〇〇年以降、DVDやゲームソフトの急速な市場拡大により同社が作るメディアケースの需要は高まり、売上高は二〇〇三年三月期の十八億円から二〇〇八年三月期には五十四億円まで急拡大し、メディアケースの売上高シェアは全体の70％を占めるまでになった。

しかし、新しい設備による不良品が発生しがちになり、納品したプラスチックケースの返品が相次ぎ、業績は急激に悪化していった。

その赤字計上の一番大きな原因がGTとの取引条件に起因していると先ほど見た信用調査機関の日報は断定しているのだ。GTは同社からの仕入れに対して、不当な値引きや、支払い遅延、値引きの強要、製品の品質に対するクレームの一方的な押し付け、など〝やりたい放題の体《てい》〟と記していた。

同社は二〇〇七年から二期連続赤字計上を余儀なくされ、二〇〇九年三月に民事再生手続き開始を申し立てたのである。

この問題により、GTによる下請け企業への一方的な権力行使や不適正な対応などが浮き彫りとなり、GTは社会的な批判を浴びた。

尾形合成樹脂工業が前橋地裁に民事再生手続開始を申し立てた前年の十一月であったろうか、

事業本部長名で管理本部長への応援要請が来た。群馬県藤岡市にある同社の倉庫から製品を運び出すための応援要請であった。同社が売買契約書通りの製品納入が出来ないために生じる損失補填のために、別製品で回収するのだという。

（尾形合成樹脂工業の業績悪化要因は、当社が大量に発注し、納入された製品にクレームを一方的に押し付けて全量返品したからではないか。その上に販売用在庫を取り上げられたら持ち堪《こた》えられる訳がなかろう）

小鳥遊は不信感に駆られた。

それから二週間後、製品回収作業にあたった社員の慰労会がお茶の水で開催された。顧問弁護士の事務所のすぐ近くの高級焼肉店「焼肉駿河台」においてであった。

小鳥遊は終始憂鬱《ゆううつ》であった。

ＧＴの顧問弁護士を務める犬塚一生弁護士が慰労と称して社員に酒を注いで回っていた。

「小鳥遊さん、ご苦労さんだったね。まあ一杯どうぞ」

犬塚弁護士はお猪口に熱燗《あつかん》を注ぎながら労《ねぎら》いの言葉をかけた。

「ところで、君は何か勘違いしているのではないか」

「勘違いとは、何に対してですか？」

口を利きたくはなかった。しかし何とかここまでは大人の対応に収めた。

「尾形合成樹脂工業のことだよ。ああいう約束を守らないような会社はその責任を取らなければならないんだよ。君はGTの人間だ。そこのところは弁《わきま》えなさい」

どういう思考回路をしていればこれほどの傲慢な発言が出来るのか理解に苦しむところだったが、厚顔無恥な発言も犬塚弁護士にかかると正当な主張に聞こえるから不思議だ。

（そのGTの名前で、銀座でさんざん遊び惚《ほう》けているのは誰だというのだ）

小鳥遊はだんだんと我慢の臨界点に近付いてきた。

「あはは、まだGTへ来て三か月足らずだからな。だんだん覚えていけばいい。まあ、口直しだ」

犬塚弁護士が徳利を傾け始めたとき、小鳥遊はお猪口を裏返しにして毅然と立ち上がった。

「私は、お先に失礼します」

後ろを振り返らずに、ゆっくりと靴紐を締め、階段を下りた。

（正義を果たさず後悔しながら働くことにいかほどの意義があるのか？）

このとき小鳥遊はGTを去ることを決意していた。

清々しくも寂しい不思議な気分が小鳥遊を包んだ。

別の会合で犬塚弁護士と顔を合わせる場面があった。

周りの人たちが心配して、

「犬塚弁護士に謝った方がいいよ」

と助言してくれたが小鳥遊にはもうその気がない。

逆に犬塚弁護士が驚いた様子を見せた。

（俺に刃向う奴がＧＴにいるとは信じられない）

とでも言いたげな顔付きであった。


〈先輩役員〉

四葉銀行出身の先輩に不信感を抱かざるを得なかったこともある。奇妙な辛さに苛《さいな》まれた。管理本部長の長谷川孝司専務は四葉銀行出身であり小鳥遊の七年先輩にあたる。

銀行では海外勤務やディーラー経験が長く、豪徳寺支店長を経てＧＴに業務出向で入り、そのまま転籍していた。

小鳥遊は四葉銀行では七つの支店と三つの本部を経験している。銀行の外に出てから既に三社目である。その彼がしみじみ思う。

（この手のタイプは初めてだ）

正直、長谷川専務の人格に不思議な疑問を持った。

管理本部の中でも浮いている。好き嫌いが激しく、気に入らない人に対してはヒステリックに怒る。一方遅くまで残業して仕上げる人に対する評価は高い。

仕事の段取りもおかしいと皆が思っている。

一つの例が「報連相」である。

「報」は進捗状況や重要情報を報告すること。「連」は関係者や上司と連絡を取り合うこと。「相」は関係者と意見や意思を相談し合うことである。

四葉銀行では、報連相は効果的なコミュニケーションおよび協調を促進し、組織やプロジェクト推進に必要なものと教えられてきた。リスクマネジメント上も厳守しなければならない項目であった。例えば「断り案件程上司に直ぐに報告・相談し、早く結論を出して相手に伝える」ことは常識でもあったし、そうしなければ相手が別手段を講じる時間を奪うことになるとの認識であった。

そういう考え方が全くないのである。

報告の便利な手段は業務日誌である。

日誌所見で諸案件の中途での進捗状況を説明する一方、問題点やそれに対する対応状況を報告することは小鳥遊にとっては当たり前のことである。情報共有の大事さは、常識のレベルなのである。

そうすると、

「なんでこんなことを報告するのだ。完結させてから報告してくれればいい」

とヒステリックな声で怒るのである。

「都度協議しながらいい形で解決しましょうよ」

と言っているのに、

「中途の報告や相談はいいから、結果だけを報告すればいい」

との回答になる。

相手を育てようというので突き放すのなら分かるが、単に己の責任逃れのためなのであり、管理本部の全員がそう思っているからもはや滑稽というしかない。

四葉銀行時代の先輩や同期に聞くと、

「海外勤務とディーラー経験が長かったからな」

と理屈にならないと分かった上でウィンクしながらの答えとなる。

「そういえば彼が支店長の時に街宣車が店舗の前に乗りつけて、ボリュームを上げて喚《わめ》いたことがあったな」

というような話まで飛び出てくる始末である。

全ての局面で同様であり、長谷川専務の評判はどの方面からも芳しくなかった。

「GTが四葉CLO銀行（現在）出身ということだけで遠慮しているのではないか」と実《まこと》しやかに囁かれていたほどである。


斯かる配慮をしなくても構わない顧問弁護士や相談役からは常に攻撃の対象にされていた。小鳥遊が顧問弁護士のお酌を断って退席した翌々日のことであったろうか、長谷川専務から神保町の焼鳥屋に誘われた。

「小鳥遊さん、パー、と飲もうよ。焼鳥もドンドンくるからさ」

犬塚顧問弁護士に刃向ったことが余程嬉しかったらしい。

（あの時は尾形合成樹脂工業のことが脳裏に浮かんだから刃向かったのであって、長谷川専務とは何の関係ありませんが……）

との思いは敢えて口にしなかった。


長谷川専務の態度が急変したのはそれから四カ月後のことであった。

それは専務執務室で談笑している最中のことである。世間話の流れの中で小鳥遊の発した何気ない一言が長谷川専務のリスクヘッジ本能に火を点けたのだ。

「源泉徴収票を貰ったんですが、年収が入社時決めた条件より低かったのは何故ですか?」

気にするほどの額ではなかったので、冷やかしのつもりで笑いながら言った。

すると例のヒステリックな口調に変じた。

「それは総務部長の橋本邦彦取締役がつけた評価がそうなっていたからだ」

小鳥遊が四葉CLO銀行への出向者定例報告に「不当な扱いを受けた」とでも書くのではないかと危惧したのであろう。単なるミスでも対銀行本部に対してはものすごく神経質でありリスクと捉えてしまうのだ。

それからの長谷川専務の動きは通常の仕事では見られないような素早さであった。主力銀行である四葉CLO銀行箱崎支店にあることないこと報告に行ったと聞いた。箱崎支店の外為課長が小鳥遊の後輩だったので筒抜けである。斯様に四葉銀行時代やその後においても出くわしたことのない理解に苦しむタイプであった。

(どういう思考回路をしていればそうなるのか)

不思議でならなかった。


幸い小鳥遊は執筆という気分転換の手段を持ち合わせている。不愉快な気分そのままに、通常の経理部長の仕事を熟《こな》しながら、休日は次作の仕上げの作業に勤しんだ。

（東京を郊外から眺めれば、その輪郭が見えてくるのではないか）

との思いから、適度な距離を徳川幕府二百六十年の経験則から譜代大名配置の地に決め、行田や川越を散策し、小田原や佐倉そして古河を回り、最後に岩槻を訪れた。そこで触れた歴史や文学を一冊の本にまとめ上げていった。

『サラリーマン週末探訪』（電子書籍化）が発行されたのは、二〇〇九年一二月であった。


犬塚弁護士や長谷川専務とのわだかまりは依然として解消されずにいた。

そんな折、予期せぬタイミングで転職の話が舞い込んできたのである。

「我が社の経営企画部長が転職することになってね。君が良ければ、是非とも手を貸して欲しいんだが……」

四葉銀行（当時）城北支店で融資課長を務めていた時代の支店長であり、現在は京橋にある不動産業者ムーンストックに勤務する福岡正人常務からの誘いであった。

「今期は業績が散々なので、落ち着いたら来てくれればいいですよ」

福岡常務の気遣いの言葉に対し、小鳥遊は微妙に反論した。

「今ならば動きやすいタイミングです。それに会社業績が厳しい段階から入った方が面白そうですからね」

小鳥遊は常時次なるステージへの一歩を踏み出す準備を怠っていなかったのである。

ムーンストックに転職して半年が経った頃、かつての職場GTの噂が耳に入ってきた。〝下請けいじめ〟問題では当局の厳しい指導を受けた結果、社長が交代し、本社も文京区茗荷谷へと移転したという。

小鳥遊は内心で感慨深く思う。

(GTは、全体として見れば素晴らしい会社だった。ただ、一部門の過ちとそれを食い止めることができなかった社長をはじめとする役員の責任は確かに重大だ)

長谷川専務もその三ヶ月後にGTを去ったという。

小鳥遊は、今もGT時代の知人たちとの繋がりを大切にしている。

そして彼は、過去も現在も、そして未来も、「どげんかなるさ!」という楽観主義を胸に、新たな挑戦を続けていくのであろう。

遊歩道

四つ目の転職（グレートテック→ムーンストック）は、グレートテックで〝下請けいじめ〟の現場に立ち会ったことが契機であり、そのことで顧問弁護士に反抗して自分の居場所を自らの意思で閉じたことが決定打となった。顧問弁護士のお酌を振り切って席を立ったのは、〝下請けいじめ〟に対して何も言えなかった自分への腹立たしさの裏返しでもあった。

スキルを活かせない職務だったことも背景にはある。スキルを活かせないと仕事に自信を持てなくなるのでどうしても発言に迫力がなくなるのだ。

ChatGPTがいう「パッションや興味」といえよう。

自分が本当にやりたい仕事に就きたいという思いや、社会正義に反しない会社で働きたいという衝動にかられた場合、転職によってしかそれを実現することが出来ないようにこの時は思えたのである。

影道

転職という行為には、意外と体力や粘り強さが必要である。

その粘り強さの原点は、小鳥遊にとっては遠く小学校時代に遡る。

昭和三十年代、兄弟姉妹が多い家庭が一般的だった時代に、小学校の運動会では家族対抗リレーがまさに一大イベントであった。一つの家庭から選ばれるのは、三人の小学生とその父親か母親であり、小鳥遊家では一年生の彼と、四年生および六年生の兄と、母親がチームを組んだ。リレーは最年少から始まり、年長へとバトンが繋がれる。彼はそのリレーのスタートランナーであった。結果としては男兄弟三人がトップを走りながらも、最終ランナーである母親が他チームの父親に追い抜かれ、結局は三位か四位でゴールした。

しかし、その結果よりも彼にとって忘れがたいのは、同学年の蟹江家の仁美さんにスタートランナー競争で負け、二位でバトンを渡す羽目になったことである。彼女が速かったため仕方がないとはいえ、それは彼にとって屈辱であり、恥ずかしい出来事だった。

運動会の悔しさは、小鳥遊を週に一度、二キロメートルほどのジョギングに駆り立てた。来年には兄が小学校を卒業し、家族対抗リレーの舞台に立つ資格を失うことは分かっていたのに、彼はそれでもジョギングを続けたのである。中学生になると、彼女は陸上部に入部し、小鳥遊はバスケット部に入ったので、二人の夢の対決は実現しないまま今日に至っている。

小鳥遊はそのジョギングを六十歳になってウォーキングに切り替えるまで続けた。かつて体が弱く風邪を引きやすかった彼が、この習慣を境にして丈夫になり、苦手だった体育が得意科目へと変わっていった。努力をすれば報われることが幼少ながらも分かった貴重な原初体験であった。

スキルを活かせる職場を求めての転職を繰り返した体力や粘りは、案外そういうところで培われたのかもしれない。ジョギングという地道な習慣が、彼の生涯にわたる努力の基盤となり、多くの場面で彼を支えている。その始まりが、あの運動会の小さな屈辱から生まれたのだから、人生の不条理にもユーモアを見出せるものである。

第五章　ムーンストック㈱【京橋】〈四つ目の転職〉

スキル合致、恩義と義理

〈二〇一〇年四月（五十五歳）～二〇一五年六月（六十歳）〉

京橋地区、その街並みは林田ビル発祥の地として知られ、同社所有のナンバービルが堂々と聳《そび》え立つ。その中でも一際目を引くのが、「林田28ビル」であり、その十七階に拠点を構えるのがジャスダック（現：東証スタンダード）上場、ムーンストック㈱である。そこは、小鳥遊《たかなし》が辿り着いた四つ目の転職による、五つ目の職場だった。

「小鳥遊、お前にしか頼めない」

福岡常務の言葉が、小鳥遊の転職を決定づけた。かつて四葉銀行城北支店で融資課長を務め、福岡支店長の下で力を蓄えた小鳥遊にとって、まさに運命の呼び声だった。

その頃のムーンストックはリーマンショックの爪痕がまだ生々しく、不動産売買で逃げ遅れたことが原因で、約十億円の赤字決算に陥っていた。福岡常務の顔には申し訳なさが滲むが、小鳥遊にとっては、まさに厳しい局面でこそ輝ける、そんな舞台が設けられたように感じられた。

彼の新たな役職は経営企画部長。前任者が健康食品会社への転職を機に去ったため、その空席を埋める形での補完採用だった。主な職務は、取締役会や株主総会の事務局運営、年度計画の策定、決算報告書コメントの作成など、会社経営に欠かせない重要業務の数々だった。管理業務が中心であり、対外交渉においてその真価を発揮できると自負する小鳥遊には、その点においてはやや物足りなさを感じるポストでもあった。

（ここで何を成し遂げることができるのか……？）

厳しい状況の中でも、小鳥遊は自身の存在感を示すために、新たな戦いに挑む覚悟を決めていた。心の奥底に秘めた強気な一面をのぞかせつつ、彼はムーンストックでの新たな挑戦に身を投じるのだった。

経営企画部において、不動産業の知識は必須アイテムとなる。小鳥遊は、この職務を遂行するためには、不動産の深淵を知り尽くすことが不可欠であると感じた。

（全体像を把握するには、やはり資格取得が必要だ）

そんな確信のもと、宅地建物取引主任者（現、宅地建物取引士）の資格試験に挑むことを決意する。社会保険労務士試験で鍛え上げられた受験技術を胸に秘めて、彼は五ヶ月間の短期集中学習の挙に出た。

この挑戦は、ただの資格取得以上の意味を持っていた。それは、経営企画部長としての彼の決意の表れであり、ムーンストックを未来へと導く一歩でもあった。そして迎えた試験の日、かつての長時間戦闘を想定した「睡魔覚醒」（栄養ドリンク剤）の支援を必要としない午前中で終わる試験に臨む。その結果は、見事一発合格という形で実力を証明した。

この資格を手に入れることで、小鳥遊は不動産業界の知識をさらに深め、経営企画部の舵取りに必要な視野を広げることができた。このことは、彼がこれから直面するであろう数々の困難に対しても、一つの明るい兆しとなった。

〈スキル合致〉

ムーンストックは、リーマンショックの余波で二〇〇九年三月期に深刻な赤字決算に陥り、金融機関からの資金調達が困難な状況になっていた。この資金繰りの難局は、不動産の仕入れ契約を進める中で資金調達ができずに手付金を没収されるという痛手を負う事態に至った。手付金とは、不動産売買契約で買主が売主に支払う確約金であり、契約の成立を証明するものだ。買主が契約に基づく資金決済をできない場合は、この手付金は売主に没収されることになる。

このような逆境の中、経営企画部の業務に今一つ熱を入れられない小鳥遊は、新たな挑戦を求めて福岡常務のもとへ直談判に出た。

「資金調達の仕事をやらせてください」

絶望的な状況を変えるべく、自ら最前線に立とうと決意したのだ。

しかし福岡常務は、現状を踏まえた上で、親心から小鳥遊に助言するのであった。

「気持ちはわかるが、現状では誰がやっても上手くいかないだろう。傷つくのは君だから、今はやめた方がいい」

それは小鳥遊に対する配慮からの言葉であった。

しかし、事態は風雲急を告げていた。

ムーンストックは〝禁断の果実〟に手を出そうとしていたのである。

銀行からの資金調達がままならない状況下、築地川公園前マンション用地取得資金二億円をエムケイファンド系のノンバンクから借入れようとしたのである。この動きが親会社である林田ビルの林田宏実社長の怒りを買い、林田ビルによる出資金の引き上げ意向という重大な事態を招くことになった。林田社長は、社外取締役として娘婿をムーンストックに派遣しており、その顔に泥を塗ったとして上島英司社長とのトップ同士の信頼関係にもヒビが入ったのである。

斯かる事態を受けて、ムーンストック社内では資金調達機能の強化が最優先課題として急浮上した。一躍、銀行取引に自信を持ち、すでに経営企画部長としての職務を担っていた小鳥遊に関心の目が向けられた。そして遂に上島社長の鶴の一声により、小鳥遊は経営企画部長兼財務部長として、この難局の打開策となる資金調達に挑むことになった。

新たな役割は、小鳥遊にとって前途多難な挑戦ではあるが、ムーンストックを救う絶好の機会でもあった。彼の肩には、会社を危機から救い出すという重大な責任がのしかかっている。絶体絶命の状況の中、小鳥遊の知恵と決断が、ムーンストックの未来を大きく左右することになるのだ。

第二の人生への扉が少しずつ開き始めた。四葉銀行で長年培ってきた融資のノウハウを存分に活かせるポジションが、ついに小鳥遊の前に現れたのだ。リスクを顧みず掴み取った、そう表現するのがふさわしいかもしれない。具体的には、築地川公園前のマンション用地取得に関する二億円の資金調達を、黒崎和昭経理部長から引き継ぎ、小鳥遊が受け持つことになったのだ。彼のこれまでのサラリーマン人生で、こんなにも熱く燃え上がる挑戦はなかった。二億円、それはただの数字ではなく、今や彼の新たな人生を切り開く鍵となっていた。

まず経理部の大久保哲彦課長と取引金融機関を一通り挨拶回りして、顔を覚えてもらうと同時に各銀行との〝付き合い方〟を自分の経験に照らして見定めていった。

小鳥遊は口遊《くちずさ》んだ。

「この肩代わり案件が成功すれば、脚光を浴びるのは必至だ。日本海海戦ではないが、〝皇国の興廃この一戦にあり〟だ。焦点は定まった！」

今回の築地川公園前マンションプロジェクトは、小鳥遊にとって単なる資金調達を超えた意味を持っていた。それは、彼の人生における転換点であり、運命を変えるチャンスでもあった。閃《ひらめ》き、それは小鳥遊が常に信じて止まない力だ。緊張の糸が張り詰める築地川公園前プロジェクトを巡る彼の戦いは、新たな局面を迎えた。大久保課長と共に取引金融機関十社の挨拶回りを終えた後、交わされた会話の中から閃いた。

（政府系金融機関、日本総合貸付機構の支援が得られるかもしれない）

この直観が、彼を次なる行動へと導いた。

二回目の挨拶回りは、小鳥遊単独での行動だ。彼は迷うことなく、日本総合貸付機構本店へと向かった。寺内課長と山本主査、この二人が彼のカウンターパートナーとなった。築地川公園前プロジェクトの概要、そしてノンバンクへの借入申出済の事実を説明した上で、彼は依頼した。その核心は、ノンバンクからの借入を取りやめ、日本総合貸付機構からの借入にシフトしたいというものだった。

この提案の背後には、小鳥遊の鋭い観察力があった。新任の挨拶時に、彼は日本総合貸付機構が今期の貸出ボリューム目標達成に向けて、期末月貸出平残増強の詰めの段階にあることを察知した。貸出平残とは、ある期間の平均残高のこと。この機会を活かせば、支援の可能性は高いと小鳥遊は踏んだのだ。

そして、その読みは即座に実を結ぶ。翌日、日本総合貸付機構から電話連絡があったのだ。

「築地川公園前のマンション用地取得資金二億円につき、本店内で協議の結果、ともかく本部に稟議してみようということになりました。具体的手順としては一旦ノンバンクから借りて頂いた上で弊機構が肩代わる形にしたほうが稟議を通しやすいのではないかということになりました」

本店での内部協議の結果、審査部稟議にかけてもらえることになったのだ。

(よし、最後の詰めだ)

小鳥遊は心の中で囁《ささや》いた。そして、この提案に対し即座に応じた。

「弊社に異存はありません。貴機構のやり易い方法で進めてください」

この言葉は、ただの了承ではない。それは、彼の決意と、このプロジェクトへの全てを賭ける覚悟の表れだった。日本貸付機構との交渉は、ここにきて最終局面を迎えようとしていた。

小鳥遊の戦略は、彼の長年にわたる四葉銀行での法人取引に特化したキャリアに根ざしていた。金融機関の内部動向を読み解き、稟議提出のプロセスをスムーズに進めるための書類準備とタイミングは把握していた。これは、単なる経験の積み重ねではない。それは、彼の仕事に対する深い洞察力に裏付けられているのだ。

小鳥遊は、同機構審査部からの資料要求に対して、迅速に対応することで、相手方の金融機関に強い印象を残した。彼はよく知っている。

(相手も生身の人間だ。要求に素早く対応することで印象も良くなる)

そして相手社内で次の共通認識を語ってもらえれば、尚更、有利に働くであろう。

「新規取引開始後も手間暇のかからない先になってくれそうだ」

文字通り〝タイムイズマネー〟なのだ。

本部の稟議承認が下りたのは、それから三週間後であった。小鳥遊の獅子奮迅の働きが実を結び、プロジェクトは大きな一歩を前に進めたのである。そして、親会社である林田ビルの指示に従い、ノンバンクからの借入金二億円は予定通り一か月後に全額返済された。このスムーズな資金調達と迅速なノンバンク借入解消は、小鳥遊に対する声価を一気に高めた。

苦慮していた案件を見事に解決した小鳥遊への信頼が一挙に高まると、以降は実質財務部長として資金調達一切を請け負うこととなった。この任命は、彼のキャリアにおける新たな章の始まりを告げるものであり、彼の専門知識と能力を最大限に活かす場となるべきものだった。物語は、ここからさらに広がりを見せていく。

危機を乗り越え、新たな挑戦に立ち向かう小鳥遊の前に、次なる大きな壁が立ちはだかっていた。それは、抜本的な資金調達力強化策の策定だった。この重要な任務において、彼が選んだパートナーは、主力行であるパブリック銀行だった。そのカウンターパートナー、落合次長との間で、彼は以前にも増して深い信頼関係を築いていくことになる。

落合次長もまた、ムーンストックの問題を抜本的に解決する必要があると常々感じており、小鳥遊からの相談を受けた時、彼は親身になって協力すると誓った。幾度となく協議を重ねる中で、抜本策の方向性が徐々に明らかになってくると、落合次長はその胸に秘めていた思いを小鳥遊に打ち明けた。

「小鳥遊さんのような融資に詳しい銀行出身者の方と相談できることになって、本当に良かった。リーマンショック前にはムーンストックとの融資取引拡大は本部による鍛治橋支店の評価を高めたのですが、ショック後の対応の遅れで御社が赤字決算と債務超過の危機に陥られたので、支店の立場も苦しい局面に立たされていたのです」

この〝秘話〟は、二人の間に流れる空気を荘厳なものにした。落合次長の顔に刻まれた苦悩の跡、それは彼がこれまでに背負ってきた重圧の重さを物語っていた。この瞬間、小鳥遊はただのビジネスパートナー以上のものを落合次長に感じていた。

(落合次長そしてパブリック銀行は当社の危機を自分のものとして受け止め、共に乗り越えようとしているのだ。まさに理想的な銀行の在り方を具現化している)

法人融資取引を長く経験しただけに小鳥遊はその姿勢に得も言われぬ感動を覚えた。

小鳥遊とパブリック銀行、そして落合次長の間で生まれた絆は、これから直面するあらゆる困難を乗り越える力となるに違いない。

落合次長からの次の提案は、小鳥遊にとって大きな救いとなった。パブリック銀行が提案する抜本的な支援策は、ムーンストックの返済負担を大幅に軽減することになるので、中期経営改善計画に集中できるようになるのだ。

「当行は返済負担軽減策として三本の融資を一本化して、テールへビー方式で五年間の長期貸として支援する。貴社は中期経営改善計画の確行に専念して頂く。資金繰りに余裕が出てきたところで、手形貸付方式で支援しているテールヘビー部分の内入れを随時行って頂く。……という筋書きで審査部の承認も取れると思います」

テールヘビー方式とはバルーン方式とも呼ばれ、長期融資（本件では五年）を分割返済する場合において分割返済額が返済可能金額を超える場合に、最終回に超過額を一括返済する方式であり、五年後の期日に、最終回に皺寄せしていた部分（尻尾が重い＝テールヘビー）の返済方法を仕切り直すのである。一般的には、この方式は均等分割返済期限内に返済できないことを意味しており、金融機関では通常許容しないのが一般的だ。尚、内入れとは借入金の一部を個別に返済することである。

銀行の審査体制を熟知している小鳥遊から見ても今般のパプリック銀行の対応は異例ともいえる厚遇であった。

「弊社のほうこそ、抜本的な対応策を施して頂き感謝しています。私の方は、資金調達力を強化していくことで中期経営改善計画が上手くいくように頑張って参ります」

小鳥遊は、翌年の茅場町セントラルタワーマンション竣工後の億ションの分譲販売が進むのに合わせて、随時内入れ促進により借入金圧縮を図った結果、二〇一二年三月期には借入負担率も業界平均にまで改善させた。

その成果は、単に数字の改善にとどまらない。それは、ムーンストックが市場での信頼を取り戻し、経営の安定性を高めたことを示している。小鳥遊の戦略的な思考と行動、そしてパブリック銀行との強固な協力関係が、それを可能としたのである。今回の経験は、小鳥遊にとっても、ムーンストックにとっても、貴重な資産となり、将来に向けた強い自信となるはずだ。それは困難な状況を乗り越え、ムーンストックを持続可能な成長へと導くための光明を示しているかのようだ。

京橋もこの十年で様変わりし高層ビルが立ち並ぶオフィス街となっていた。その一角に位置する28ビル17階のムーンストックの会議室では、小鳥遊がその冷静かつ鋭い眼差しでこれから歩むべき道を模索していた。彼の最近の活躍は、まさに劇画の一頁のような迫力を持っていた。出身行である四葉ＣＬＯ銀行を含むメガバンク三行からの支援獲得に成功し、企業の金融機関取引構成、いわゆるバンクフォーメーションを一変させ、ムーンストックの企業信用力を、瞬く間に天を突くほどに上昇させたのだ。

「これで、我々の立ち位置は大きく変わった。メガバンクから地方銀行までの幅広い支援を確保した。これからの各銀行の融資判断の大きなプラス材料になるのは明白だ。皆さんは後顧の憂いなく良質物件仕入れに邁進して頂きたい」

小鳥遊は営業部員たちに向けて宣言した。彼の言葉は自信に満ち溢れていた。

金融機関は、融資判断に際して、メガバンクや有力地方銀行などからの支援状況を非常に重視する。小鳥遊はこの点を熟知しており、それをムーンストックの強みに適用したのだ。営業部員らは、自分たちが一丸となって築き上げた信頼関係が、今、大きな成果を生んでいることを実感していた。ムーンストックのこれからを支える金融機関のバックアップがあれば、どんな困難も乗り越えられるという確信が、社内に満ち溢れていた。

一方、辛い局面も招いた。会社のために良かれと思ってノンバンク取引を回避させ、金融機関取引構成改善により金融基盤を強化に繋げていった功績は、予想外の犠牲を伴うことになった。創業以来のプロパー社員であり、長年にわたり財務部門を支えてきた黒崎部長の立場を厳しいものにしてしまったのだ。

取締役会でどのような議論が交わされたのか、詳細は明らかではない。しかし、結果として黒崎部長は、当期限りで退職することとなった。サラリーマンの儚《はかな》さを自らの転職で感じ取っていた小鳥遊にとっても辛い出来事であった。

この一件は、小鳥遊に貴重な教訓を与えた。ビジネスの世界では、時には厳しい決断が必要とされるが、会社に良かれと思ってやったことが、結果的に周囲に与える影響の功罪を思い知らされた。微妙なバランスをとりながら、全体合理性を追求していくことの困難さを改めて思い知らされたのである。

しばらくして小鳥遊は働き方を変えた。

それは彼の人生に新たな章を刻むものだった。彼の執筆活動への情熱を支えるために、勤務形態を大胆に変更。土日祝に加え、水曜日も休みとし、勤務時間も一般社員より短縮させてもらった。ゼネラリストからスペシャリストへの転換でもある。

給与体系等の労働条件そのままに、斯かる変更が受け入れられたのには理由《わけ》があった。金融機関の支店長や本部役員の来社が目に見えて増えたのである。

彼らとの会話の内訳を比率で表すと、仕事の話が一～二割、プライベートな話題が八～九割であった。実務は担当者との間で処理すれば十分なのである。小鳥遊はこの比率を「法人取引の黄金率」と命名していた。

弁護士、会計士、税理士、更には中小企業診断士、社会保険労務士、宅地建物取引士等の資格保有者との面談には慣れている金融マンも、作家と話せる機会はまずないらしく、仕事を超えた関係の構築に繋がっていった。つまり仕事に託《かこつ》けた来客が増えたのである。そのメンバーは各金融機関内での影響力を有する面々である。

ある日、昇陽銀行の常務および支店長が小鳥遊を訪ねてきた。

「小鳥遊さん、よく仕事と執筆活動を両立できますね。いや実は私も歴史には大変興味を持っており、いつかは出版したいと思っているんですよ。正直に言いますと、小鳥遊さんが紀行文や歴史小説を書いていらっしゃると聞いて、本日は仕事そっちのけにして執筆の件でご教示賜れば有難いと思いお伺いしたんです。実は、桑木常務もそのハラなんです」

奥寺支店長は桑木常務のほうに目線を移した。桑木常務の肩がピクリと動いた。

「実はそうなんです。ただ、まだ題材は決めていません。もう五十年以上銀行に勤めており、おそらく来年の任期には退職する予定です。生きている間に一冊は書き残したいと思っているんですよ」

「それはいいお考えですね。私の好きな言葉に哲学者・森信三の『物事は形にして初めて真の効果が生じる』というものがあります。いわゆる『成形の功徳論』です。私も五十二歳を過ぎたあたりから、これからはインプット思考以上にアウトプット思考を心がけようと思い、執筆に手を染めた次第です」

桑木常務は我が意を得たりの体になった。

「成形の功徳ですね。わたしもそうありたい。しかし書き始めた途端に次の文章が思い浮かばなくなる。これじゃ、どうしようもないですね」

「誰でもそうだと思います。斯く言う私もそうです。そこで踏ん張るか否かでしょうね。そして、そこを通り抜けたとしても次々に試練が訪れます。文豪と呼ばれる作家ならば次々と文章が沸いてくるのでしょうけど、われわれ凡人は一歩一歩頭を叩きながら書き足していくしかない。その代わり書き上げた時の喜びは凡人の方が断然大きいのではないでしょうか。もっともそこから出版社の編集者との闘いが待っていますが……」

「私もとにかく一度最後まで書き上げてみます」

「〝一瀉千里に書く〟ですね。期待しています」

ふと友達相手の言葉になっているのに気づく。

（秘密を共有したら強い）

と感じた。この瞬間、ただのビジネスパートナーを超えた、本当の意味での信頼関係が築かれるのだ。

このような交流は、小鳥遊にとって仕事以上の価値を持っていた。彼の仕事への取り組み方、そして彼が追求する執筆活動への熱意が、金融界のキーパーソンたちを惹きつけ、彼らとの間に特別な絆を築いていったのである。小鳥遊は、仕事と執筆、二つの世界を繋ぐ稀有な存在として、その影響力をさらに広げていくことになる。

小鳥遊の洞察は鋭い。金融業界での成功を収め、社会的地位を確立した人々が、出版への関心を強く持っている現状を改めて実感した。彼らの中には、業務上得た知識や経験を「私の履歴書」的な作品として書き留めたいと願う人がいる。また、仕事とは全く別の分野である文学作品や歴史小説、ミステリー小説などに情熱を傾け、それを書きたいと思っている人もいる。ただ一般的には自分が経験してきた業界関係の書籍を出版する人が多いのが現実であり、余程の立志伝中の人物でない限り業界本が売れることはまずない。自己の認識と世間の評価のギャップが厳然として存在するのである。

金融機関への訪問時にも、これらの経験は大きな利点をもたらした。融資担当者と相談すれば事が済む案件でも、支店長が興味本位で顔を出すケースが増えたのである。融資に関しては誰よりも詳しいと自負する小鳥遊には、支店長面談さえ叶えば支援を得る方向に持ち込むことは容易いことであり、その成否のカギとなる面談のチャンスが格段に増えたのだ。

執筆活動に対しては、社内での明確な異議はなくなった。彼の立場は、その実績計上と共に、黙認さらには支持へと強化された。彼の動き方は、個人の成長だけでなく、時代の変遷とともに進化する働き方や価値観の変化をも反映しているものといえよう。

世は「副業のすすめ」の時代になってきたのである。

仕事が好調な時は、執筆活動もうまく回るものだ。

それは『サラリーマン川岸巡行』の二〇一一年八月発行に続き、『経綸の争い　小栗と勝』が二〇一三年一一月に発行されてから一年半が経過しようとしている時期であった。

因みに『サラリーマン川岸巡行』は、川の上空の一点から両岸を俯瞰《ふかん》すれば地域の色合いが鮮明になるのではないかと思い、現地に立ち時空を超えた散策を試みた紀行文である。「川の両岸」をテーマに浮かび上がる歴史・文化・芸術・宗教、そして文学に思いを馳せ、江戸川の両岸（市川と柴又）、多摩川の両岸（府中と多摩）、利根川の両岸（我孫子と坂東）、荒川の両岸（田畑～赤羽と川口～大宮）、日本橋川の両岸（日本橋界隈）等をその対象地とし、そこに息づく歴史・文化・芸術・宗教・文学への深い洞察を綴ったものだ。

尚、同書は二〇二三年一月に電子書籍化された。

この時期、書店に並ぶ一冊の本が小鳥遊の注意を引いた。『夢を売る男』、百田尚樹著である。幻冬舎文庫から発行されたこの作品は、その挑戦的な帯文「一度でも本を出したいと思ったことがある人は読んではいけない!!」により、彼の好奇心を刺激した。さらに、「出版界のタブーに切り込む問題作」というフレーズは、小鳥遊にとって避けて通るわけにはいかない一冊であった。

彼は、この本が提起する出版界の内部事情、そして出版にまつわる複雑な現実に目を向けた。本を手に取り、ページを繰る手が止まらない。特に、物語の核心を成す出版社の編集長、牛河原勘治の言葉は、小鳥遊に深い影響を与えた。彼の言葉は、出版への情熱と、それを取り巻く現実のギャップに、鋭く光を当てる。

・「ISBN（世界共通の特定番号）がつけば全国の書店に流通し国会図書館にも半永久保存される、と説明すれば効果絶大だ」

・「我社の客は読者ではなく著者であり、千人の読者を集めるよりも一人の著者を見つけるほうがずっと楽である」

・「出版不況でも心配することはない。本を出したがる連中は今後もどんどん増えていくだろうし、カモは永久に沸き続ける」

・「多分一番心配しているのは国会図書館だろうぜ。増え続けるクズ本の山のために必死で増築中らしいからな」

百田尚樹が作者だけに「牛河原編集長」が吐く言葉にも説得力がある。

こうして小鳥遊の心の内で、葛藤が渦巻いた。彼の前に広がるのは、ビジネスという無情な戦場である。そこで彼は、自らの決断に迷いを感じつつも、戦国時代へと思いを馳せる。家康とその忠臣・正信の物語にヒントを求めたのだ。

正信は家康に向けて語る。

「天下を取るためには、時に大胆な〝ばくち〟を打たねばなりませぬ。歴史を振り返れば、〝ばくち〟を打たずして天下を掴んだ例は古今東西ございませぬ」

その言葉には、勝利を掴むためのリスクを恐れてはならないという、強い決意が込められていた。豊臣方を二分せねば徳川は負ける。勝つためには豊臣方の一方の将である三成を生かさねばならぬ。殺気立つ七将（加藤清正、福島正則等）から三成を匿《かくま》って佐和山城へ逃がさなければならないのである。三成を匿《かくま》い、敵方を内部から揺さぶる……。その選択が、後の歴史を決定づけたのだ。

小鳥遊は正信の言葉から自分自身への教訓を見出した。

小鳥遊の場合は、天下を取る必要はなく、単なるカモにならなければいいだけである。

「これは健全なバクチだ。負けても将来の肥やしにはなろう。カモになっても悔いはない」

低い声で決意を述べた。

小鳥遊のスマホが鳴った。画面に表示された名前は文芸交遊社販売事業部の安尾文子氏だった。

「安川販売事業部長がお目にかかりたいと申しております。弊社にお越し頂くことは可能でしょうか」

彼女の声から伝わる緊張感が、小鳥遊の好奇心を掻《か》き立てた。

文芸交遊社を訪れると、安川昭部長がすでに一階で待っていた。彼は小鳥遊の作品『戦国の策略家　三成と正信』を手にしていた。二人は八階の応接室に入り、コーヒーが運ばれてくるのを待ってから本題に入った。安川部長は、その年輪を重ねた風貌から経験と威厳を漂わせていた。

「小鳥遊さんの『戦国の策略家　三成と正信』を、文庫本『策略のライバル　三成vs正信』として販売にかけたいと考えています。ご承諾いただけますか？」

安川部長の単刀直入な提案は、小鳥遊にとって予想外の光栄なことだった。

安尾氏からは安川部長のことを予め聞いていた。彼は販売部門のトップで、独特のセンスと強引さで文芸交遊社の販売戦略を牽引しているのだという。

「異存はありません。このような機会を頂けることに感謝します」

小鳥遊は安川部長の提案に快諾した。これが小鳥遊にとって、新たな挑戦の始まりとなった。

その後、小鳥遊は『戦国の策略家　三成と正信』を根本から見直し、文庫本『策略のライバル　三成vs正信』として再構築していく作業に没頭した。二ヶ月後、推敲を終えると、彼の作品は新たな命を吹き込まれ、読者の手に渡る準備が整った。この作品がどのような反響を呼ぶのか、小鳥遊自身も予測できなかったが、一つ確かなことは、これが彼の作家としてのキャリアにおいて重要な一歩となるだろうということだった。

一ヶ月後、小鳥遊の新作『策略のライバル　三成vs正信』が書店の店頭に並び始めた。この本は、東京から愛知、大阪の大型書店はもちろん、福岡の金文堂や積文館、長崎の紀伊國屋書店、佐世保のくまざわ書店に至るまで、全国各地で目立つ位置に平積みされた。その結果、全国の友人や知人から祝福の言葉が寄せられることになった。

通常、新刊書は書店でひっそりと棚に置かれる運命にあるが、小鳥遊の作品は文字通り山のように積まれ、書店内の一等地で人気作品と肩を並べる形で展示された。池井戸潤の『陸王』やロジャー・オールズの『ライオンキング』と隣り合わせ、ポップ付きでの特別扱いは、彼にとってもまさに予想外の光景だった。

（どうやらカモにならずに済みそうだ）

それからというもの世間が更に下りてきた。

小鳥遊にとってそれまで世間とは常に見上げるものであったが、五十五歳になった頃から世間の方が下りてきてくれたように思えた。四葉銀行（入行時）同期の中でも然程目立たない「出世魚より帳尻ザメ」的存在だったのに、それからというもの、周りが勝手に林住期の理想的な生活として取り上げてくれるようになった。まさに天地がひっくり返ったのである。

もっとも、九州の中でも市町村合併までは郡部育ちであり、田舎者の強みで贅沢を知らないこともあり、浮かれることはなかった。

この出来事は、彼にとって単なる一つの節目であり、彼の人生観や価値観を変えることはなかった。小鳥遊にとって大切なのは、彼がこれまで通り、自分自身と向き合いながら次の創作活動に取り組むことだ。天地がひっくり返ったかのような変化を経験しながらも、彼の心は変わらずに、新たな物語を紡ぎ出す準備に注《そそ》がれた。

〈恩義と義理〉

転機は、予期せぬ形で小鳥遊のもとに訪れた。

木枯らしの吹き荒れる冬の夜、日本橋人形町のいなほ銀行厚生施設での接待が終わり、佐々原社長と福岡常務はタクシーに乗り込んで夜の街へと消えていった。ひとり残された小鳥遊は酔い覚ましを兼ねて、日本橋を渡り東京駅まで歩いた。〝お江戸日本橋〟は保育園時代にお遊戯会で踊ったこともある馴染みの橋である。勝手に〝心の故郷〟と呼んでいた。

翌日、小鳥遊が福岡常務に前夜の佐々原社長との行き先を尋ねたところ、JR神田駅近くの喫茶店だったとのこと。その場で佐々原社長が福岡常務に退職を迫るという、重苦しい内容の会話が交わされていたのだ。

この出来事には、ある伏線があった。約半年前、川辺修が監査法人からムーンストックに転職してきた。あとで明らかになったのだが佐々原社長が直接、取締役経営企画部長として彼を勧誘していたのだ。川辺の登場は社内をギスギスした雰囲気に変えた。当時は一人の存在がこれほどまでに全体の雰囲気に影響を与えるものかと感心したほどである。とにかくどこの部署とも問題を引き起こすのである。そして絶対に譲らないものだから相手を硬化させてしまい、本部長会でも何も決められなくなってしまった。

福岡常務はそんな川辺を諫め、態度を改めるよう指導し続けた。川辺は忠告を聞かないばかりか福岡常務を排斥する動きに出た。佐々原社長もかねて福岡常務の〝諫め〟を煙たく思っていたらしく、この状況に介入し、福岡常務に退職を勧告するという衝撃的な行動に出たのだ。福岡常務もついに観念し、九月末で退社することが決まった。

小鳥遊も不愉快極まりない。川辺の態度にイライラが募っていたところに今般の福岡常務の退職騒動である。自分を誘ってくれた福岡常務をさしおいてムーンストックに残る訳にもいかない。佐々原社長からは強く慰留されたが、退職の意志が変わることはなかった。

自らの信念と福岡常務への義理を重んじ、ムーンストックを離れる決断をした。

小鳥遊の新たな人生の章は、退職の決意と共に始まった。未来への一歩を踏み出すその瞬間、彼はまだ次の就職先を決めていなかった。しかし、彼の長年の経験と人脈が新しいチャンスをもたらした。退職挨拶のため、一人で取引金融機関を訪れると、予期せぬ提案が彼を待っていた。

「うちに来ませんか。年齢は六十歳以上でも構いません。活躍が認められれば支店長にも本部部長にも昇格できますよ。現にこの私がそうなのです」

六十歳になった小鳥遊を誘ってくれたのは、からたち信用金庫内幸町支店の袴田《はかまだ》虎雄支店長であった。

小鳥遊はゆっくりと休んで執筆活動に専念しようと思っていたが、折角の有難い話でありかつサラリーマン生活も捨て難かったので、中途採用試験を受けてみることにした。

筆記試験はなく、面接の各階段を順々に上り、最後の理事長面談を経て無事にからたち信用金庫に就職することになった。勤務場所は馴染みの内幸町支店であった。さすがにムーンストックの担当にはならなかった。

ムーンストックを離れたとはいえ、小鳥遊と同社との関係は続いている。彼にとってムーンストックは、居心地の良さとおおらかな雰囲気に満ちた職場だった。そして今は、からたち信用金庫で新たなキャリアを踏み出そうとしている。

人生とはそういうもの、一つの門が閉じれば、別の門が開く。そして彼は、その新しい道を歩み始める。

「どげんかなるさ！」

遊歩道

小鳥遊のキャリアパスは、彼の「義理」と「パッション」を中心に展開している。彼の五度目の転職は、古風ながらも尊重すべき「義理」に従った結果であり、ムーンストックでの経験は彼にとって重要な意味を持っていた。

五つ目となるムーンストックからからたち信用金庫への転職は、昔ながらの〝義理堅さ〟によるものだった。ムーンストックにおいては、多くの波乱を乗り越えてようやく自分のスキルを活かせる仕事を掴んだ。経営企画部長を務めながら、スキルを活かせる財務部長の職務も手に入れたのだ。そのスキルを駆使して、危機的な状況をものともせずに乗り越えた小鳥遊は、しばしの休息を手に入れる。これはまさに「パッションや興味」を追求した成功の恩典であった。

結局のところ、彼は義理を守り抜くことで同社を去る決断をした。人工知能に「義理」という概念はなじまないかもしれない。彼のこの行動は、ChatGPTが通常扱う「パッションや興味」とは異なる次元のものであり、合理性には難があるが、人間関係や倫理観に根ざした価値観を表していると言えよう。

次なる職場、からたち信用金庫への転職は、ムーンストックを去る際、金融機関への挨拶回りで誘われた結果だ。再び自分のスキルを活かす機会として捉えた。彼のキャリアにおいて「パッションや興味」が再び主要な動機となった瞬間である。結果としては、スキルだけではうまくいかないケースがあることが明らかになった。

「パッションや興味」を追求することの重要性を、ChatGPTが語るように、小鳥遊も引続きその道を歩み体現し続けることになるのである。

第六章　からたち信用金庫【内幸町】〈五つ目の転職〉

熟知業種ゆえの葛藤

〈二〇一五年七月（六十歳）～二〇一六年四月（六十一歳）〉

小鳥遊《たかなし》にとって、馬渡《まわたり》俊輔《しゅんすけ》理事長との面談は今回の人事面談で二度目である。馬渡理事長は、「信金業界の寵児」と称され、不動産融資を軸に、融資残高を飛躍的に伸ばし、業界内で融資残高二位にまで上り詰めていた。その勢いは、まるで飛ぶ鳥を落とすかのように、経済誌で頻繁に取り上げられていた。

小鳥遊はムーンストックの財務部長時代に、佐々原社長とからたち信金本部を訪問し、馬渡理事長に挨拶したことがあった。

当時、ムーンストックは二〇一五年度経営方針に、「都心建物の再開発推進」を掲げており、からたち信金が所有する世田谷区と墨田区の店舗ビル購入プロジェクトを推進していたのである。三階建て店舗の土地建物を買い取り、高容積率を有効活用して十五階建ての高層ビルに建て替え、二階までをからたち信金に売却（実際は等価交換差額調整方式を採用）し、三階以上はマンションとして分譲するというプランである。容積率とは、簡単に言えば「その土地にどれだけの大きさの建物を建てられるか」を示す指標のことである。

からたち信金も店舗有効活用を指向しており、両社のニーズはほぼ合致していた。その最後の詰めの段階に差し掛かっていた。仮に交渉がまとまれば、からたち信金から資金調達する可能性がある為に財務部長として随行したのである。この話は最終的には流れた。

馬渡理事長は、小鳥遊の顔に見覚えのあるような表情を浮かべながらも、具体的な用件を思い出せない素振りを見せた。

からたち信用金庫は人材登用の画期性が業界内でも有名になっており、時代の先取りを標榜していると経済誌は賞賛していた。具体的には六十歳過ぎの人物を積極的に中途採用した上で、実力次第では支店長や本部長にも起用するという人事制度のことである。制度的には理事長への門も開かれてはいるが潜った人はいないという。小鳥遊を含めた同時期入社四名の中でも六十歳以上が三名を占めていた。袴田内幸町支店長も五十歳半ばでの中途採用で入社した人物である。空手七段の有段者であり、「からたち信金への転職の思い出」と題して顔写真と共にエピソードが金融系新聞に掲載されているのをムーンストック時代に見たことがあり、ファイルに記事のコピーを綴じた記憶がある。

〈熟知業種ゆえの葛藤〉

小鳥遊は五つ目の転職（六つ目の職場）であるからたち信金での仕事に興味と期待を持っていた。メガバンクとは次元の異なる地場企業との取引関係が存在するのではないかと思っていたからである。

「あら信金さん、朝早くから大変だね。ちょっと上がってお茶でも飲んでいきなさいよ」

「いやー、昨日飲み過ぎましてね。頭が痛いんですよ。ちょっと小一時間畳の上で横になっていいですか」

「構わないわよ。小鳥遊さんにはいろいろと面倒見てもらっているからね。どんなことでも聞いてあげるよ」

「いやー、いつも女将《おかみ》さんには、業務上の成果も用意してもらえるからゆっくり休めますよ」

このやり取りは、互いのニーズを理解し合う地域密着型のビジネスの象徴だ。

小鳥遊は新人時代を過ごした四葉銀行南葛飾支店での業務を思い出していた。あの頃の地域の人々と深く関わる楽しさや喜びを再び経験できるのではないかと胸躍らせていたのである。ただ着任してみてわかった。江戸川区の店舗とは異なり内幸町支店は都心立地のためか、それとも時代が変わってしまったからか、かつての浪花節が通じる世界はすっかり影を潜めていた。

融資案件といえば不動産案件だけだと言っても過言ではない。都心の不動産融資は一件当たりの金額が極めて大きいので、金庫全体の融資額を伸ばすためには手っ取り早いということもあり、内幸町支店は本部から不動産融資推進特化店に使命付けられていた。小鳥遊は四葉銀行時代に不動産融資や審査を経験していなかったため、金融機関側での稟議書作成が一苦労だった。

(不動産以外の融資案件ならば、瞬時に片づけて見せるのに)

つまらぬ見栄を張れるのも自分に対してだけであった。

事務作業にも違和感があった。

顧客との書類受渡し時に使用するのは印鑑ではなく、日付と名前が入ったゴム版だ。そのため、ゴム版の取り扱いは非常に厳格だった。毎日の最後の仕事は、前営業日に取り付けた当日の日付版を取り外し、翌営業日用の日付版をセットする作業だ。これはピンセットを使って行うのだが、取り外しは比較的簡単なものの、嵌め込む作業が難しい。小さな日付版を小さな穴に正確に嵌め込む必要があり、不器用な小鳥遊が行うと、しばしば日付版がゴムの壁に跳ね返って床に落ちてしまう。床に這いつくばって日付版を探すたびに、「俺はいったい何をやっているんだろう」と自問自答することがしばしばであった。

小鳥遊がからたち信金への転職を決意したとき、彼の心にはある計略があった。

「熟知した業種での仕事であり、四葉銀行で鍛え上げたスキルを活かし、日中の事務作業や稟議手続きを迅速にこなせば、午後五時には余裕をもって退社でき、自らの執筆活動に十分な時間を割くことができるだろう」

しかし、この甘い見通しはすぐに打ち砕かれることになる。

からたち信金では、不動産融資を軸に業務を展開しており、その手法は単純明快な独自戦略といえるものであった。特に、法定耐用年数を利用した融資手法は、他金融機関が驚くような異例のものであった。建築物には法定耐用年数というものがあり、それは建物の構造によって違ってくる。オフィスビルの場合、ＳＲＣ（鉄骨鉄筋コンクリート造）やＲＣ（鉄筋コンクリート造）が五十年、鉄骨造りで三十四年、木造となると二十四年、といった具合である。また建物には耐震性基準というものがある。耐震性基準とは、建築物が一定の強さの地震に耐えられるように、建築基準法が定めた最低限クリアすべき基準のことである。日本では、耐震基準は大きな地震が起こるたびに見直され、より厳格化の一途を辿ってきた。

金融機関は、一般に、法定耐用年数が終了すると減価償却残存額も実質的にゼロになるため、法定耐用年数の期限までの融資が一般的である。これに対して、からたち信金の特徴的な手法は、法定耐用年数を大幅に超えた案件であっても、他の条件が満たされていれば融資を認めていることである。具体的には、SRCやRCの商業ビルならば建築後四十年経過していて耐用年数残存期間十年であるところ、融資期間三十年を許容して他金融機関から肩代わるのだ。

十億円の大型案件肩代わりを行なえば融資残高は一挙に伸びることになる。からたち信金にとっては、返済原資が家賃収入という確実なものであり優良超長期案件となる。一方の借入人にとっては、返済期限まで十年のところが三十年と二十年延長されるので、返済負担が軽くなり、現状の家賃収入で余力を持って返済できることになる。貸し手と借り手双方がウィン・ウィンの関係になるといえなくもない。

その背景には、日本の建築技術が優れており、SRC造やRC造は法定耐用年数を三十年いや四十年過ぎようと壊れることはないという前提があり、からたち信金の実績がそのことを裏付けてもいた。小鳥遊も二か月前にムーンストックと資本関係のあるジュエリードムス社の十二億円の他金融機関融資肩代わりを成功させていた。

小鳥遊は難しい新たな局面に立たされていた。ムーンストックでの輝かしい実績を裏付けとして、からたち信金へと足を踏み入れたのだが、ここでは風向きが違った。

四葉銀行時代には全営業店の融資指導を行ってきたにも拘わらず、からたち信金では逆に指導担当者がついた。薄井謙《うすいけん》代理である。この人選も転職する原因のひとつになっていく。

小鳥遊は口にこそ出さないが己を融資のプロと思っている。前勤務先のムーンストックでは3大メガバンクはじめ新規行取引を増やしつつ金融機関取引構成の改善を図ることで資金調達力をつけて危機から救ったとの自負もある。

からたち信金の稟議添付書類は定型化しているので、薄井代理が一連の流れと各項目の調べ方さえ教えてくれればそれだけで理解できるシステムとなっている。それを一部だけ教えた後に、相手を見下しながら自己自慢が始まるのが毎度のパターンである。その為に全体感が見えず先に進まない。

（こんな指導担当者ならばいないほうがましだ……）

心の中で毒づくが、大人の対応を選び、その不満を口には出さずにいた。

帰りはいつも午後八時過ぎになるので、執筆活動も疎《おろそ》かになる。

おまけに、毎度の酒飲みである。それも誰かが血反吐《ちへど》を吐いて斃《たお》れるくらいの凄さである。小鳥遊は最終電車の時刻もあり、十時頃にはお先に失礼するのが常であった。

かつては適量の飲酒は健康状態を向上させると言われていたが、最近の医学分野の研究では少量であれ飲酒は有害であるとの説もあるほどである。そもそも仲間と楽しい酒を飲むのは勝手だが、仕事上で「飲みニュケーション」を意識することなど不要な世の中なのだ。

（いい大人なのだから、常識の範囲で楽しく飲めばいいのに……）

だが、一向に改善しない。

斯様に入社前の目論見とは天と地ほどにかけ離れていた。

追い討ちをかけるかのように、不穏な噂が小鳥遊の耳に飛び込んできた。それは新橋の小料理屋で、大学時代からの友人、ＦＳ商事の熊丸尚樹《くままるなおき》と酒を酌み交わしていた時だった。

ちょっと酔いが回ってきたところで熊丸が切り出した。

「どうやら駿府中央銀行で起こった資料改竄《かいざん》と似たような事態が、お前のところでも発生しているらしいぞ」

からたち信金の融資スタンスが金融庁に問題視されているというのだ。彼が不動産の証券化を進めている際に、提携銀行の副支店長との世間話からこの情報を掴んだそうだ。

熊丸は、市場にはまだ広がっていない更なる衝撃的な話を持ち出した。

「隠し事をする企業があると、そこに付け込む怖い輩が必ずと言っていいほど現れるものだ。お前も気をつけろよ」

「余計なお世話だ」

小鳥遊は一蹴したが、内心では彼の言葉を完全に否定することができなかった。反社会勢力への融資疑惑が頭を過《よ》ぎったのである。

（社会正義に反する動きはうんざりだ）

かつてグレートテック時代に経験した下請けいじめ問題が、再び彼の記憶を刺激した。


（いかにして辞めようか）

その思いが小鳥遊の頭をよぎる日々が続いた。誰にも言えない辛い日々であった。

ある日、社会人になりたての頃に先輩から聞いた言葉が不意に彼の心に響いた。

「捨てる神あれば、拾う神ありだぞ」

これまでのキャリアの中でも、ギリギリのところで何度か救われた〝実績〟を思い返した。

「どげんかなるさ！」

楽観的な言葉を胸に、小鳥遊は再び前を向いた。幾多の困難も乗り越えてきた自分自身を信じ、未来への一歩を踏み出す決意を固めたのである。

今回、ホワイトナイトは二度現れた。

ホワイトナイトとは英語の「white knight」に由来する「白馬の騎士」のことであり、他人が危機や困難に直面している際に助けの手を差し伸べてくれる人を指す。一般的には、敵対的買収防衛策のひとつとして、被買収企業が探し出してくる友好的買収者を指すことが多い。

一度目のホワイトナイトはムーンストック時代にお世話になったメガバンク三友《さんゆう》銀行大門支店長である。横芝融資部次長との面談を終えて通用口から帰ろうとしたときに、野々口支店長と出くわした。

「小鳥遊さん、ちょっと話があるんだけど時間ある？」

と言われて、返事もせぬうち支店長室に通された。

「からたち信金をお辞めになりたいそうですね」

「お恥ずかしいですけど、そうなんです」

「いやね、小鳥遊さんがからたち信金に行かれたと聞いたときから違和感があったんですよ。やはりそういう展開になりましたか」

お茶を勧められて一口飲んだ。

「転職先に心当たりがあるから紹介しますよ。霞が関中央ビルの十六階にあるサンライズ機器という会社です。船舶用品を製造している上場企業です。土屋副支店長を同行させますから一緒に訪問してください」

翌々日に土屋副支店長とサンライズ機器本社事務所前で待ち合わせのうえ、人事部採用課長と面談した。

冒頭、「応募要領には記載していませんが、実は中途採用の上限は六十歳までとしているのです」と言われ、実質的な面接には至らなかった。

事の顛末はともかく、次は役員就任が確実といわれている野々口支店長がムーンストックを離れていた自分にそこまでして頂いたことに深く感謝した。

二度目のホワイトナイトは、からたち信金内幸町支店の店頭に現れた。

(これか)

小鳥遊は目の前に現れた白馬の騎士に〝拾う神〟の影を見た。

アルス不動産㈱の松岡利久社長が切り出した。

「六本木二丁目物件の購入資金を融資して頂けませんか」

六つ目の転職（からたち信用金庫↓アルス不動産）は経緯が痛快である。からたち信金では金融機関という熟知職種ではあっても、必ずしも上手くいくものではないことを痛感することになった。企業文化なのか、営業店独自の動き方なのかは判然としなかったが、相容れないことだけは感じ取れた。そこに突如として不祥事の存在を知った時に転職を決意した。

六つ目の転職活動は就職先を融資相談客の中から、「自らを売り込む」ことで獲得したという画期的なものであった。ChatGPTでいう「給与や待遇」「パッションや興味」の奪取である。

第七章　アルス不動産㈱【新橋】〈六つ目の転職〉

転職先への売り込み

〈二〇一六年五月（六十一歳）～二〇一七年九月（六十二歳）〉

六つ目の転職を経て、七つ目の職場への第一歩を踏み出した瞬間は、まるで、「運命である」かのように劇的だった。

時の流れを遡りたい。

小鳥遊《たかなし》は、自分が今働いているからたち信金での日々に違和感を覚えていた。

（将来の自分がここにいる姿が想像できない）

という思いが日に日に強くなっており、もしチャンスがあれば、転職を真剣に考えようと決意していた。

そんな時、タイミングを計っていたかのように新規借り入れの相談が舞い込んできたのだ。相談者はアルス不動産㈱といい、本社所在の大阪の地盤を固めたこの段階で関東進出を目論む野心的な不動産業者だった。

小鳥遊は新規案件への対応の基本通り、実態把握の一環としてアルス不動産の事務所を訪問した。稟議を進めるに際しての必要資料は前もって連絡しており、当該資料は茶封筒に入れて提出された。

応接室に案内され差し出されたお茶を一口飲んで気分を落ち着かせていると松岡社長が勢いよく入ってきた。是が非でも支援を得たいという気概に溢れている。

本題に入る前に小鳥遊は松岡社長に確認しておきたいことがあった。

「現在、大阪地区で融資を受けていらっしゃる金融機関にご相談されたら、すぐにでも融資を受けられると思いますが、どうしてからたち信金にお越しになったのですか?」

松岡社長は少し照れくさそうに答えた。初対面とは思えないほどの熱意と正直さが、その人柄から伝わってきた。

「正直なところ、我々は巨大なマーケットである東京での事業拡大に乗り出したばかりです。確かに、既存の取引金融機関に持っていけば、話は早いでしょう。しかし、将来を見据えた時、東京地区の金融機関との新規取引を増やしておきたいと考えました」

続けて今回の案件の詳細を説明し始めた。

「今回の借入相談内容は六本木二丁目の開発案件であり、既存の家屋を取り壊して二階建てアパートを建築し、一棟売りで販売する計画です。仕入資金として二億円が必要となります。人気地区の物件ではありますが、なにせ敷延《しきえん》（旗竿地《はたざおち》）状態の物件です。この案件の仕入れに金融機関からの支援を受けることが出来れば、首都圏での仕入れの幅が一挙に広がるのではないかと思ったのです」

銀行取引一覧表を指さししながら続けた。

「実は、この銀行の東京支店に相談しました」

摂津銀行であった。

「しかし、敷延物件は担保評価が低く、弊社の意向に沿うような金額での融資は難しいと言われました。そこで不動産融資を伸ばしておられるからたち信金さんならば相談に乗って頂けるのではないかと思ったのです」

「正直に話して頂いて有難うございます。私としても何とかお役に立ちたいので、持ち帰って支店長に相談してみます」

金庫に戻った小鳥遊は、案件内容を相談メモにまとめて日誌と一緒に袴田支店長に報告した。この方法を取れば薄井代理のところで止まる心配はない。

「小鳥遊さ～ん」

袴田支店長の呼ぶ声に振り向いた。支店長は机の横に椅子をおいて指を差している。ここに座れという意味である。

小鳥遊は立ったまま支店長の説明を待った。

「小鳥遊さんは、からたち信金に入られて間もなく当金庫の不動産に対する基本方針がまだおわかりでないでしょうからご説明します。ご報告の通り当該物件は敷延となっており、不動産担保評価が出にくいのが特徴であり難点でもあります」

袴田支店長は、地積図のその部分を指した。

地積図とは「地積測量図」の略称であり、登記申請を行う際に土地所有者が法務局に提出する図面であり、一筆（または数筆）の土地についての測量の結果（面積など）が記載されている図面のことである。

「小鳥遊さんは、前回吉祥寺のリノベーション案件でテナントビルの仕入れ資金十二億円の融資肩代りに成功されましたよね。上場企業ジュエリードムスからの申し出だったと思いますが、耐用年数残存期間五年のところを二十年で肩代わり支援して、先方からも感謝された案件でしたが、当金庫はまさにあの手の案件が得意であり、最も力を入れている分野なのです」

ここで言うリノベーションとは、既存の建築物に改修を加えて、その価値を高めることを指す。

「一方、今回の物件は敷延であり、人気の街六本木の物件ではありますが、担保評価が出ないこともあり、せいぜい申し出金額の五割程度までしか審査部の承認は下りないと思います。何か別担保があるといいのですが……」

「ご説明頂き有難うございます。当金庫の融資スタンスがよく理解できました。松岡社長と交渉してみます」

〈売り込み作戦〉

小鳥遊はどう説明したらいいものかと悩みながらエレベーターを四階で降りた。

応接室に通されると、すぐに松岡社長が入ってきた。

「首尾はいかがでしたか」

期待を含んだ声であった。

「残念ながら、社長のご意向に沿えませんでした。支店長の了解を得て、審査部の審査役と相談しましたが、審査役からの回答は『からたち信金では敷延物件への融資は原則仕入れ額の五割までということになっているので、別担保の差し入れが可能かどうか交渉してくれないか』、というものでした」

小鳥遊は、袴田支店長からの説明を審査部見解として松岡社長に伝えた。金融機関が普通に使う手であり、審査部見解とすると相手の怒りの矛先がボヤける効果を狙うのである。事が荒立つことなく以降の取引も上手くいくので、それはそれで双方にメリットがあると思っている。

その上で胸につかえていた気持ちを言葉にした。

「松岡社長、私からの提案です。社長ご自身が資金調達のために都内の金融機関を回られるよりも、私を雇って頂いたほうが効率的だと思います。私でしたら新規取引銀行を一年以内に三～四行見繕《みつくろ》ってみせます」

小鳥遊は己の発言に驚いた。

（性格的には慎重な方だと思っていた自分の口から斯様な言葉が出てくるとは……）

もちろん、小鳥遊はこれまでの経験から新規行開拓には自信を持っており、ムーンストック勤務時代には、リーマンショックの影響で十億円の赤字を出し、債務超過ギリギリまで落ち込んだ状態にもかかわらず、結果として3大メガバンクはじめ有力行取引を開拓した裏付けがあっての発言であった。

松岡社長も会話の中から小鳥遊が融資業務に詳しいことがわかったのであろう。

「それでは、小鳥遊さんに六本木二丁目案件の資金調達をお願いできますか」

「わかりました。では、早急に名刺をご用意いただけますか。無論、本件は入社試験と心得ていますので、報酬は不要です」

何ら当てがないまま自信だけでそう答えた。

（飛び込みでは難しいだろう。ムーンストック時代の取引銀行で不動産取引に力を入れているところといえば常陸《ひたち》銀行かな。〝案ずるより産むが易し〟だ。どげんかなるさ。ケセラセラだ）

小鳥遊は、ムーンストック時代から常陸銀行と親密な関係を構築しており、プロジェクト資金八億円の案件をお願いする際に、金額が過大ゆえに単独支援は無理だろうと思い協調先をお膳立てしたうえで協調融資形式の支援を得たこともある。同行八丁堀支店では初めてのケースだったという。

まず、常陸銀行八丁堀支店へ電話を入れ、当時のムーンストック担当の吉澤修三課長を呼び出してもらった。

「小鳥遊です。ご無沙汰しています。現在、アルス不動産という不動産会社の案件に携わっています。早速で恐縮ですが、六本木二丁目でプロジェクト資金二億円の案件を入手できそうな状況になってきました。但し、物件は敷延（旗竿地）となっていますが、貴行でご検討頂くことは可能ですか」

吉澤課長は相変わらずの大声である。

「やあ、小鳥遊さんですか。その節はお世話になりました。お話の件ですが、弊行は今年の始めに浜松町支店を開設したところです。法人新規取引に特化した店舗なので、ご相談いただくには丁度いいタイミングです。私から電話を入れておきますので、あとで融資課長の新谷に電話してみてください」

翌日に新谷淳二課長とアポイントを取り、その足で常陸銀行に向かった。一階がコンビニエンスストアとなっているテナントビルの五階に浜松町支店はあった。空中店舗であるということからすると、吉澤課長が言っていたように浜松町支店は一見客《いちげんきゃく》を相手にせず、自行で選定した新規工作先に攻勢をかける法人新規特化店であるようだ。

「お話は八丁堀支店の吉澤課長から聞いています。今般は開発案件のご相談をいただき有難うございます。今回の案件につきましては、まず担保評価を行います。その後のいろいろな手続きを勘案しますと、弊行の方針をご回答できるのは二週間後の四月末頃になると思います」

小鳥遊は、新谷課長から要求された資料の提出と質問への回答書作成に全力を傾けた。

斯かるケースにおいては、世阿弥の言葉を復唱することにしている。

(「時節感当」相手のタイミングこそ大事だ)

特に、純新規取引は、相手に与えるイメージこそが大事なのである。

翌々日には要求された資料をすべて提出した。

結果、予定より三日速い四月二十七日に回答がきた。

新谷課長の声が弾んでいる。大丈夫そうである。

「今般の六本木二丁目案件につき、敷延物件であることも勘案して仕入額二億円の八割、一億六千万円を融資させて頂きます」

「有難うございます。宜しくお願い致します」

小鳥遊は松岡社長から仕入額の七割、一億四千万円以上で任されていたので、二つ返事で了解した。

松岡社長はにこにこしながら小鳥遊に語り掛けた。

「実は六本木二丁目案件は、摂津銀行からも敷延物件であり七割支援でも無理だと断られていたのです。有り体《てい》に言いますと、小鳥遊さんにお願いしても無理なものは無理だろうと仕入れ契約を思いとどまっていました。本当に融資が確定するまで疑心暗鬼だった、というのが正直な思いです。それで、いつから入社可能ですか」

（現金な人だ）

秘密を持てない人柄は信頼に足ると測った。

（あるいは豊臣秀吉バリの凄まじい人たらし？）

と訝《いぶか》ってもみた。

「からたち信金に退職伺いを出すとして、本年（二〇一六）四月末の退職になるでしょう。ゆえに五月一日からお世話になれると思います」

「わかりました。それでは、いつ辞められても翌日入社となる様に本社人事課に準備させておきますので、決まったらご連絡ください」

松岡社長は大阪で成功し、市場規模の大きい東京進出を図るほどの営業力を持ってはいるものの、その裏付けとなる資金調達がなかなか上手くいかないことに不安を覚えていたのだろう。声のトーンに安堵感を漂わせていた。

六十一歳になっていた。

（年歳を取ることは必ずしも辛いことばかりではない。寧ろ生きやすくなったような気がする）

つくづくそう思う。

（若い頃の世間はいつも頭上にあり、見上げねばならなかった。五十五歳頃にも思ったことだが、六十歳を過ぎると更に世間が下りてきた。自分の年齢が周りより上になり、周りが勝手に気を遣い始めた。ただ、手に職がなければその境遇を活かせないかもしれない。幸いにも資金調達という、あらゆる企業のなかでも不動産業にとっては血液を体に還流させる血管のようになくてはならない技を有しているのだ）

アルス不動産にとってなくてはならない存在への道筋を開いた。

（ありがたいことだ）

労働条件も一任に近かった。

ほぼ思い通りの条件で落ち着いた。

執筆の時間が欲しいので、週休三日、七時間労働で纏まった。

こじんまりした事務所であり、女性三人以外は基本的には男性は社長と小鳥遊の二人だけ。毎日が楽しい仕事場であった。

仕事は順調に推移していき、新規取引銀行も五行開拓し、様々な案件にも対応できる体制が漸次整いつつあった。

ただ一点、サラリーマンにとって最重要項目である給与額算定方式で失敗《しくじ》った。

給与額の算定方法も小鳥遊に任されたが、元来が遠慮深い性格である。

給料算定額を資金調達額の0・1パーセントとしたのだ。五億円調達して五十万円／月の給料である。十億円調達すれば理論上は百万円／月となるが、関東進出直後のアルス不動産は1件当たり仕入額が二億円前後であり、かつ月二件仕入れたら万々歳の状況だ。業績が順調に推移すれば、希望額以上になることもあれば、その逆もあり得る。いや逆の公算が大である。不動産の業績は大きくブレ易いし、第一、自分が物件を仕入れてくる訳ではないので他力本願である。財務部という管理部門に実績インセンティブ制度という仕組みを導入したこと自体が誤りなのだ。雇われやすくするために雇う方が損をしない方式を採用した結果である。今からでも松岡社長に言えば変更は可能かもしれない。しかし、自分で決めた算定方式を舌の根の乾かぬ内に撤回するのはプライドが許さない。

（来期から変更するような段取りを組んでいこう）

と今期は横に置いた。

丁度その時期に委託業者による不正取引の場面に出くわした。

小鳥遊がそのことを知ったのは、別件で港区三田インターナショナルビル六階にあるサンロードエステート㈱を訪問したときである。そこの三浦営業部長とは彼が八田証券にいた時からのカウンターパートナーである。八田証券は証券会社でありながらも、不動産仲介業も盛んに行っていた。小鳥遊は当時ムーンストックに勤務しており、彼も霞が関ビルにある日本パシフィック不動産への転職が決まっているという転職仲間の気軽さも手伝ったのだろう。

三浦部長が漏らした。

「お宅の会社に出入りしている橋爪という男がいるでしょう。あいつには注意した方がいいよ」

「うちの社員ではなくて委託業者なんだけど、しょっちゅう出入りしているよ。松岡社長の信任も厚そうだ。今朝も来社して、今度販売する一棟建てマンションの名前をどうしようかと協議していたよ。仕入れや販売の案件をいろいろと紹介しているみたいだな」

三浦部長は一瞬戸惑いをみせたあと、一気に話し始めた。

「貴社が三田四丁目で売り出した一棟マンションの購入を橋爪の仲介で決めたんだけど、不動産売買契約書作成の段階で凄いことを言うんだな」

「凄いことって何？」

小鳥遊は窓越しの東京タワーに一旦視線を移したあと、正面の壁に掛かっているラファエロの絵画（模写）を見つめながら尋ねた。

「橋爪からすれば、弊社が仲介している購入側のサンロードエステート社長の意向は、仕入れ価格三億円以内との情報を掴んだそうなんだ。一方、彼が仲介業者の立場にある販売側のアルス不動産社長からは最低価格が二億七千万円での売却が条件と言われている。この差額を活かさない手はないと思ったんだろうね」

三浦部長は素早く計算した。

「確かに概算上は、仲介手数料が三％とした場合九百万円の収入となるのに対し、仲介案件を売買案件であるかのように契約書上の操作をして仕入・販売額の差額の三千万円も裏収入の材料にしたかったんだろうな。俺に三百万円払っても二千万円弱の収入増となると踏んだみたいなんだな」

小鳥遊は不動産営業の実態には疎くて言われている意味が今一つピンとこなかった。

「二種類の契約書作成に付き合ってくれれば、三百万円をマージンとして支払うと言うんだな。貧乏サラリーマンにとって三百万円の臨時収入は危ない橋を渡らせるのに十分だろうと踏んだんだろうね。俺も安く見られたもんだ」

腹を立てた仕草をして、

「俺はそういう犯罪には手を貸さないことにしている。君も文書偽造なんかより真っ当な営業で頑張るべきだと言って空想上の三百万円の札束で奴の顔をひっぱたいてやったのさ」

と言いながら痛快に笑った。


小鳥遊もやり取り図を頭に描いた。

「なるほど、犯罪覚悟でやろうと思えば何でもありなんだな。三浦さんの場合は犯罪には手を染めない信念で撥ね返したけど、応じる輩《やから》はいるかもしれないね。中には受取額の割合変更交渉等に移る猛者《もさ》もいたりして……」

(まったく世の中は悪が蔓延《はびこ》る素地は何処にもあるもんだ)

と思わずにはいられない。

(三浦さんの話だけで疑うのも危険だ)

小鳥遊はもう一段の証拠を掴んだら松岡社長に報告しようとスケジュール化した。

橋爪は有名私立大学の出身で四十歳過ぎのカッコイイ男であり、女性社員三名からの人気も高いように見えた。

その彼が全く姿を見せなくなった。

「橋爪さんを最近見ないけど、どうしたのかな」

女性陣に尋ねてみた。

「社長が出入り禁止にしたみたい」

「なんで？」

「知らない、あんな人」

社長から何らかの説明があったのか、つい先日まで好意を寄せていたのに冷たい言い回しである。

（いつまでも未熟だな）

小鳥遊は、女心が分からない自分を恥じた。

（天網恢恢《てんもうかいかい》、疎にして洩らさず）

やはりお天道様《てんとうさま》は見ていらっしゃったのだ。

それでも簡単に割り切れるものではない。

（お天道様が見逃す案件も世の中には結構あるのではなかろうか）

悪事の仕組みを脳裏に描くとそう思わざるを得ない。

「浜の真砂《まさご》は尽きるとも世に盗人《ぬすっと》の種は尽きまじ」

石川五右衛門の辞世の句は、現代をも見通していたのであろうか。


ある日の午後のことである。スマホの呼び出し音で〝昼寝〟から叩き起こされた。寝ぼけ声で受話器を取ると、ムーンストック時代にお世話になったＳＴＭＵ信託銀行の縄井雄三部長からであった。

「小鳥遊さん、お久しぶりです」

縄井部長は、現在は異動により銀行関連会社勤務となっていることを告げたあと、思わぬ誘いの言葉を口にした。

「実は、私の銀行時代の先輩が表参道駅近くの不動産会社に勤めていますが、来年には七十歳になるので後継者を探しています。昨日呼び出されて一杯やっていた時に、自分の後任として誰か適当な人を探してくれないかと頼まれました。小鳥遊さんが、今の会社にもそろそろ飽きてきたと冗談半分で言われていたのを思い出して電話してみました」

てしまった。

「縄井さんに白羽の矢が立ったのじゃありませんか」

縄井部長が誘われたのだとピンときたので、そう話を仕向けたが辻褄《つじつま》の合わない理屈で濁《にご》されてしまった。

「縄井さんにしたら先輩からの依頼であり誰かを引き合わせないとバツが悪いでしょうから、お会いするだけなら構わないですよ」

「その会社は、株式会社アルハンブラXというのですが、同社の財務部長をしていらっしゃる益《まし》子邦弥《こくにや》部長からの依頼です。益子部長から電話を入れてもらいますのでよろしくお願いします。……ふーっ」

縄井部長の一仕事終えた安堵感が「ふーっ」という末尾の声で伝わった。

益子部長との面談場所は、赤坂見附駅近くの「喫茶アントワープ」であった。

小鳥遊は先に行って、アルハンブラXの信用調査書を眺めていた。

「お待たせ致しました」

爽やかな声で近づいてきたのは益子部長その人であった。

「いえ、待ち合わせの午後一時まではあと五分あります。お互い時間には厳しいタイプですね」

小鳥遊は思い付いたジョークを口にした。

「本当にそうですね」

益子部長の声のトーンで第一次面接はパスしたと思った。

但し、この時はまだ転社するとは決めていなかった。

(縄井部長との約束は履行した)

その程度であった。

「後ほどアルハンブラX役員との面談をセットした上で連絡致します」

そう言って益子部長は赤坂見附駅へと消えた。

小鳥遊はアルス不動産の事務所に戻った。

松岡社長に対し従業員は好意を抱いているからであろう、和やかな風が部屋に流れている。

小鳥遊は針路を迷った。

今度も、ジャック・ウェルチの声がした。

「相容れないことがわかっていれば去りなさい」

(今回は相容れないわけではない)

小鳥遊は首を振った。

(風来坊の悪い性癖《くせ》だ)

迷ったときに自分に言い聞かせる言葉が脳裏を過《よぎ》った。

（迷うくらいなら新しい景色を見に行こう）

「どげんかなるさ！」

分別を多少欠いていた。

遊歩道

降りしきる雨の中を小鳥遊は傘もささずに新橋駅までの道のりを歩いた。

小鳥遊は今、人生で七度目の転職を果たしたばかりだ。アルス不動産からアルハンブラＸへの大きな賭けである。

アルス不動産の職場環境に彼は満足していた。しかし、自らが策定した給与算定方式が、思わぬ収入の不安定さを招いてしまったのだ。彼は深く反省していた。

「社長に直接、給与算定方式の改定を申し入れるべきだった」と。

アルハンブラＸへの転職は、彼にとって新たな挑戦の始まりだった。給与水準は本来の形に復元された。「給与や待遇」の問題は、やはり彼にとって重要だった。

一方、自らのプライドに拘ることの愚かしさを再認識した。

小鳥遊は、転職を通じて学んだ教訓を、自らの成長の糧とすることを信念としていた。転職は、単なる職場の変更ではなく、彼自身の内面と向き合う旅でもあった。アルハンブラＸ

…………

での新たなスタートは、彼にとって、過去の過ちを糧に、さらなる高みを目指すチャンスである。雨の中を進む彼の足取りは、次第に前向きで軽やかなものになった。

第八章　アルハンブラX㈱【表参道】〈七つ目の転職〉

スキル合致、出処進退

〈二〇一七年十月（六十二歳）～二〇二四年一月（六十九歳）〉

表参道は今日も、すれ違う人々が二つの川のように流れていた。

小鳥遊《たかなし》はアルハンブラX㈱の財務部長としての新たな職務に立ち向かっていた。ここが彼にとっての七つ目の転職、八つ目の職場だ。

小鳥遊は自らの運命を、深く吟味するように呟《つぶや》いた。

「ムーンストックでの日々が、俺をここへと導いたんだな……」

金融機関との数々の駆け引き、そこで鍛え上げられた自信。それが今、彼の最大の武器だ。

（資金調達は、俺にとっての天性の職務だ）

そして彼は知っていた。それは貸手と借手の両方を経験した者だけが持ちうる感覚だろう。

（貸す方よりも、借りる方が楽だ）

すなわち、借りることは技術であり芸術である。一方、貸すことは知識であり決断なのである。その微妙な感覚の中で小鳥遊は羽搏《はばた》いてきたのだ。

（余り時間を作り出す……）

彼はもう一度、自らに課した秘密の最重要課題を心に刻んだ。

（その方が、仕事上も間違いなく上手くいくし、結果として会社のためになっている）

そう嘯《うそぶ》く。

経験が彼に教えてくれたことだ。人間の〝幅の広さ〟が相手の興味を引き、交渉を有利に進めるカギとなるのだ。

前任の益子部長は七〇歳の節目を迎え、自らの長年のキャリアに新たな章を加える決意を固めた。財務部長の重責を次世代に託し、自身は得意分野である不動産営業をテレワークの形式で続行する道を選んだ。そうして、アルハンブラXとの繋がりを保ちつつ、悠々自適かつ充実した老後を歩み出すのだという。

（これこそが、サラリーマンにとって理想の第二の人生だろう）

益子部長の選択は、多くの働き手にとって羨望の的である。彼はのんびりしながら悠々自適に過ごすのではなく、仕事を通じて自身の精神を活性化させつつ老後に対処するのだ。収入を全く得ない悠々自適では認知症の影が忍び寄る公算大と踏んだからであろう。

巨大金融機関である三友《さんゆう》銀行出身の益子部長は、世田谷区の某支店長等の豊富な経験を持ち、アルハンブラXに転職。彼の到来は、会社にとっても転機となった。それまでのノンバンク依存の借入体質から脱却し、信用金庫や信用組合、そして地方銀行へと取引関係を広げた。その結果、アルハンブラXの金融機関取引構成は大きく改善され、つれて信用調査機関の評点は四十八点から五十三点に向上していた。

信用調査機関評点が五十三点というのは、アルハンブラXが金融機関から見て純新規取引の対象となり得る「マアマアな先」と認識される水準に達していることを意味する。益子部長の努力と戦略が実を結び、企業の信用度をこのレベルまで引き上げたのだ。この評点は、小鳥遊が財務部長として受け継ぐにあたり、非常に重要な基盤となる。

小鳥遊は、この新しい立場での役割を認識していた。彼にとって、自らに課した大きなミッションは、金融機関との取引拡大そして取引構成改善であった。金融機関の中小不動産業者に対する厳しい融資スタンスの壁を突き破らなければならないのだ。

益子部長に帯同し、既存金融機関を引継ぎ訪問した。

小鳥遊は金融機関に自身の顔を覚えてもらうことが、今後の取引における信頼関係構築の第一歩であることを熟知していた。

（引継ぎの最大の目的は顔を覚えてもらうことである）

小鳥遊はそう心得ていた。そうすれば、その後は疑われることなく連絡を取り合うことができる。

（取引が深耕するか否かは後任者の腕次第だ）


アルハンブラXの会議室は緊張で静まり返っていた。壁に掛けられた大きな地図には、都心部の人気地区が赤いピンで示されている。不動産売買を主戦場としている不動産業者の成功の鍵を握るのは、目利きによる物件仕入れの出来栄えだ。

「物件仕入れこそが、我々の生命線なのよ」

厳しい表情で部門責任者の井原葉月本部長が部下たちに語りかける。彼女の言葉には重みが伴う。

「仕入れ価格が市場価格比優位な物件を見つけ出しなさい。そこに大きな利益が生まれるのよ。くどいようだけど目利きが全てなのよ。実例を見てごらん、成功しているプロジェクトはすべて優良な物件仕入れから始まっているでしょう」

アルハンブラXは、特に都心の人気地区に焦点を当てた営業展開を一段と強化していた。都心部の物件は、人気が高く価値が下落しにくい。加えて、インバウンド需要を含め、高い販売確率を誇っていた。

不動産仲介業者との関係構築も欠かせない戦略だ。

「仲介業者との実績の積み重ねが信頼関係を生み、更なる優良物件情報を得る源泉となっていくのよ」

井原本部長の弁が熱を帯びる。


小鳥遊は煌々《こうこう》と照らされたオフィスビルの一室で、冷静かつ鋭い眼差しを金融機関取引推移表に浴びせていた。

(現状のままでは、業績進展に資金調達が追い付かず、いずれ資金繰りに窮することは必定だ)

彼は資金調達強化の道筋をホワイトボードに描いた。

(現状の金融機関五行体制ではどうにもならない)

即座に頭の中で数式を描いた。

(売上高八十億円を想定した場合、最低十行の支援が必要だ)

手当たり次第に当たるのは愚策と断じて、着手点を求めた。

（まずメガバンク一行、有力地銀二行の取り込みが必要だ。無論、既存金融機関との取引拡大も進めながらである）

対策を決めたら小鳥遊の動きは速い。

（アルハンブラXは資産背景に乏しく、業績頼みの会社である。決算書が〝本能寺・天王山〟だ）

小鳥遊は自社の決算分析を行い、決して嘘は書かない中で、金融機関が評価してくれる形でコメントを加えていった。

（次は諸説明資料整備である。分かりやすいながらも説得力のある資料を作らねば……）

〝簡潔で分かりやすい〟をテーマに、時系列の決算分析資料、PJ（プロジェクト）進捗状況一覧表、資金繰り表、金融機関取引推移表等々の資料を次々に創作した。

それらを武器に各金融機関に決算説明に行った時の相手の反応が嬉しかった。

「こんなに分かりやすい決算説明資料は他にはありませんよ」

「他社にはくれぐれも披露しないで下さいよ」

冗談混じりで言い添えた。曲がりなりにも企業秘密である。

（あとは、一瞬の機会を逃さず相手の懐に飛び込むことが肝要だ。金融機関取引は純新規取引開始に至るまでは多大の労力を要するが、一旦既存先の地位を得ればあとはやり方次第でスムーズ

に展開していくものだ）

金融機関が企業の健全性を判断する際、時系列での決算分析はその核心を突く。小鳥遊はこの真理を、四葉銀行在籍時に逆の立場で学んでいた。一期だけの数字では見えてこない、連続する三期の流れの中に潜む〝罠〟を見つけ出すのだ。これは、金融機関特有の洞察力、彼らが長年の経験から磨き上げた論理の結晶である。

もう一つきわどい真理がある。この微妙な感覚が小鳥遊の交渉乗り切りの秘訣でもある。

（内包する問題点を指摘される前に当方から説明すると金融機関はそのオープン性に信頼を寄せてくれる。一歩誤れば自社の弱点が詳《つまび》らかになる）

斯かる観点より問題点は積極的に公開した。訴訟案件等の金融機関が警戒するものは指摘される前に「報告事項」として時系列で進捗状況を報告した。結果、〝信頼に足る〟と金融機関は自社をより一層認めてくれた。〝雨が降っても、的確に対応すれば地は固まる〟のだ。

それでも企業には時としてすぐには公表しないほうが無難な案件も発生する。そんな核心的な企業秘密が生じたときは、期末までに期限を切って内包する問題点を解消した。逆に言えば、解消できるだけの実力が会社に備わってきたということもできる。万が一、解消できなかったときは、解消策を明示して積極的に「報告事項」の対象にする覚悟でいた。

（信用力の創造は誠に難しい）

その信用力創造こそが、アルハンブラXを未来へと導く灯火《とうか》となるのである。

あるプロジェクト案件に対する千浜《せんはま》銀行からの提案は、まさにアルハンブラXにとって思いがけない風が吹き込んだ瞬間だった。東京湾の両岸でナンバーワンの座を争う有力銀行の一角からの、この面白いオファーは、ただの融資取引以上の意味を持っていた。ラジオ広告という、一見して直接的なビジネスとは異なる形で結びつくこのプロジェクトは、小鳥遊の営業の勘を刺激した。

「アルハンブラXさんでラジオ広告をやっていただけませんか？」

千浜銀行の提案には、面白い構造が潜んでいた。

聞くところによると、ラジオ局は千浜銀行の圧倒主力先であり、先輩が多数出向しているとのこと。某支店で上司だった先輩が企業広告件数を増やさなければノルマが達成できないと泣きついてきたのだという。四葉銀行でもそうだったが、銀行を卒業してからも先輩面して後輩にお願いしにくる輩が必ずいた。後輩にしてみれば迷惑この上ない話である。

（チャンス到来だ）

小鳥遊はすぐにその提案の核心を見抜き、交渉のテーブルに持ち込んだ。アップフロント手数料を広告料とすることで、一見無関係に思える二つのビジネス—融資とラジオ広告—を巧妙に結びつけたのである。

「アップフロント手数料相当分を広告料とすることは一向に構いませんよ」

そして付け加えた。

「当社の借入レートは、信用金庫さんからの適用レートに合わせており、地銀有力行たる貴行のプライムレートとの差が0・375パーセントほどあります。今回の案件の適用レートを貴行プライムレートにして頂ければ、アップフロント手数料分を広告料としてラジオ局に支払うという形で弊社は構いませんよ」

ここで言うアップフロント手数料とは、通常の金利とは別に融資実行時に支払う手数料のことであり、融資手数料と名付けている金融機関が多い。アルハンブラXでは金利と融資手数料からはじき出した数字をオールインコストと呼んで、結果的には全金融機関が実質的に同じ金利となる様に調整している。

一点のみ専門外の心配の種が残った。

(東京隣接県のFMラジオ局であり、その電波が東京まで〝ジー〟という雑音抜きの音色で本当に届くだろうか)

たとえ綺麗に聞こえなくてもアップフロント手数料を支払ったのだと思えば済むことだと割り

切った。

アルハンブラX社内では本当に千浜銀行取引が開始できるか疑心暗鬼な雰囲気の中で協議が進められた。喧々諤々《けんけんがくがく》の討議を経て、最終的に千浜銀行との取引が始まった。

ラジオ広告は都内でもハッキリと聴取でき、「都心のお住まいはアルハンブラXにお任せください」との軽やかな声が名曲「アルハンブラの思い出」のギター独奏に乗ってスピーカーから流れている。

(何て綺麗なメロディーであろうか)

ヨーロッパとアラブが融合したかのような独特のメロディーは、まさにアルハンブラXの企業イメージと重なり、地中海の風に運ばれてくるかのような初めての広告は評判も上々であった。

この一連の出来事は、単にビジネス取引以上のものを物語っている。それは、異なる分野のプレイヤー間で創造される新たな価値、そして機転と勇気を持って未知の可能性に挑むチャレンジャー精神を彷彿させる。本件は、まさにその精神を体現していた。

千浜銀行との取引開始は横並び意識の強い他金融機関の競争心を煽《あお》った。有力地銀取引が立て続けに決まり、ついにメガバンクいなほ銀行も甲州街道沿いの西新宿三丁目PJの仕入れ資金に対し三億円全額融資に応じてくれた。

それからというもの極端に言えば〝金融機関へお願いする立場〟から〝金融機関からお願いさ

れる立場〟に変わっていった。気が付くと、年商五十億円内外のアルハンブラXの取引金融機関は十五行となっていた。プロジェクト借入残高ゼロの金融機関が常に四〜五行存在し、借入催促に対応できないという嬉しい悲鳴が続くことになった。

これらの取り組みは、アルハンブラXが市場でのポジション向上を確固たるものにする礎《いしずえ》を築いた。さらには、企業としての社会的責任とブランドイメージの向上にも貢献していくのである。

小鳥遊は、困難な状況をも楽しむかのように、障害を乗り越え、チャンスを最大限に活用する術を知っていた。そして、彼のこの能力は、アルハンブラXの経営戦略においても、その信用力を輝けるものにしていくのである。

仕事は遊び心で取り組んだほうがいい結果をもたらす、と信じてやまない小鳥遊の発想は、業種の垣根を利用するという新しい視点をもたらし、未開拓の市場を切り開く可能性を秘めていた。そして、これは金融機関がこれまでにない方法で顧客との関係を深め、そのサービスの範囲を広げていける生きた証しを示すものとなった。冒険心と戦略的思考の協業と言えなくもない。

八つ目の会社アルハンブラXについて感心したことがある。

(従業員福祉のためにやたらとお金を使う会社だ)

それは「福利厚生の範囲を超えている」ということで顧問税理士の指摘を受けるほどである。更に凄いのは税務否認されるのを覚悟しつつそこに費やすのである。

コロナ禍が一段落した途端、アルハンブラXは伊勢志摩への豪華な社内旅行を敢行した。平日を利用し、国際会議が開かれた最高級ホテルに宿泊し、夜の宴会では地元の酒と料理が盛大に振る舞われ、翌日は趣向を凝らしたアクティビティが待つといった具合だ。

小鳥遊自身は、女子ゴルフプロトーナメント「ミズノクラシック」が開催された近鉄賢島カントリークラブでのプレーを楽しんだ。女子プロの上田桃子が見事なバンカーショットで背丈の2倍ほどある壁をクリアしてショートコースをパーで収めて優勝した雄姿がまぶたに浮かんだ。小鳥遊も聳え立つ壁に挑戦して一発でクリアしたものの、残念ながら結果はボギーに終わった。

コロナ禍以前には、海外への豪華な社員旅行も恒例だった。ハワイのモアナサーフライダーやシンガポールのマリーナベイ・サンズといった、一流ホテルでの宿泊。そこでは、まるで富裕層の生活を垣間見るかのような贅沢が待っていた。ハワイではトランプ前大統領関連施設での豪華な食事を味わい、マリーナベイ・サンズの五十七階ではインフィニティプールで泳ぎながら夜景に魅惑されるなど富裕層気分を味わった。小鳥遊は四葉銀行時代のバブル期の頃に受けた豪華な被接待を思い出しながらも、令和の時代にこれほどまでにゴージャスな体験が出来るとは夢にも思わなかった。さらに年に二回は、プロトーナメントが開催される名門コースでの社内ゴルフ大会が催される。前回は大箱根カントリークラブがその舞台だった。

従業員第一主義は社長・オーナーの基本的スタンスといえる。

なぜならば本業の不動産業との兼ね合いの説明の中での、

「アルハンブラXは都心の人気地のプロジェクトが得意であり、必然的に顧客は富裕層が主体である。それゆえに従業員にも富裕層の実態や行動様式を通してその考え方を経験・理解させることで本業に活かしてもらう」

という発言からも見て取れる。

企業と利害関係者《ステークホルダー》の関係を考えてみた。

時代は変われども、企業と利害関係者（ステークホルダー）の織りなす複雑な関係性は、常にビジネス界の重要なテーマだ。株主、取引先、従業員、顧客、そして地域社会。これらすべてのニーズをバランス良く満たし、持続可能な成長を追求すること。それが、現代企業に求められる使命である。

しかし、上場会社の世界では、一つの流れが際立っている。それは、株主価値の最大化に注力する姿勢だ。この株主至上主義は、市場からの信頼を勝ち取り、瞬間的な競争力を高める効果があるとされる。だが、その作用の裏では、長期的な視点が失われがちになり、従業員の福利厚生や企業の社会的責任が軽視されかねないという暗い影も潜んでいる。自社株買いに走り、株価を一時的に押し上げる。その裏で、マネーゲームのような非情な戦いが繰り広げられているのだ。

その対極に立つのが、非上場のアルハンブラXの姿勢である。ここでは、極端に言えば従業員を最優先に考える経営が行われている。従業員の幸福と福利厚生を最前線に置き、その結果としての業績向上を目指す。これは、従業員一人ひとりの満足度を高め、組織全体の働きやすさを追求する道であり、従業員の福祉やキャリアの発展、労働条件の向上に重きを置いている。特筆すべきは、女性に対する配慮深い企業風土である。ゆえに女性従業員の割合が四割近くにも上っている。これらは、多様性を尊重し、性別に関わらずすべての従業員が能力を発揮できる環境を提供していることの証しである。そうした取り組みには多大なリソースが必要とされ、短期的な利益にはつながりにくい。しかし、長期的な視野に立てば、その投資が組織全体の持続可能な成長へと結びつくのだ。

この二つの経営哲学は、時代と共に変わりゆく企業のあり方を象徴している。短期的な利益を追求するか、長期的な持続可能性を見据えるか。その答えを、アルハンブラXは既に出している。ビジネスの世界において、真の競争力とは何か。それを見極める鋭い眼差しを持つことが、今後の企業には求められる。

八つの職場を経験した小鳥遊の視点から見ても、「当たらずとも遠からず」であろう。

小鳥遊の内なる世界は、常に動き続ける思考の渦の中にある。彼の心には、順調な資金調達と会社業績の安定がもたらす余裕の一方で、創造性と挑戦への渇望が膨らむ。

（このままでいいのだろうか）

文庫本『策略のライバル　三成vs正信』は二〇一七年一〇月に予定通り出版されたのに続き、文庫本『藩臣のライバル　小栗vs勝』は二〇一八年九月に、文庫本『敬愛のライバル　尊氏vs正成』は、二〇二一年九月に出版を終えていた。

小鳥遊は自問する。

（執筆活動が疎かになっていないか。資金調達に苦労しない状態、すなわち閃《ひらめ》きを要しない仕事は本当に面白いのか）

電気王エジソンは言ったではないか。

「天才とは1％の閃きと99パーセントの汗である」と。

この言葉の真意は、閃きなくしては、どれほどの努力も真の価値を生み出さない、という警鐘でもある。

小鳥遊にとって、自らの生き方や仕事へのアプローチを再考する時が来ているのかもしれない。安定した経営という恵まれた環境の中で、どのようにしてその1パーセントの閃きを保ち、それを実現するための99パーセントの努力を続けるか。それが、彼が直面している真の課題であり、次なる創造性の源泉でもある。挑戦とは、困難を乗り越え、閃きによって新たな可能性を追求する旅であるとすれば、今一歩を踏み出すべきではないか。

〈出処進退〉

やり遂げ感に満たされ、次の目標（刺激）を見いだせない状況に陥っていたある日のこと、寺《てら》本建夫《もとたけお》会長から呼び出された。見透かされていたかのようなタイミングである。

「かつてお世話になった浪速ショーライ銀行出身で、現在パブリック銀行関連会社に勤務中の西山久さん五十三歳を財務課長として採用したいと思いますがいかがでしょうか」

いきなりの話であったので、小鳥遊はことさらに即座に答えた。

「一カ月もあれば引継ぎは終わると思いますよ」

「……」

寺本会長はキョトンとした顔付きである。

「引継ぎ期間のことです。西山さんは浪速ショーライ銀行では寝屋川東支店長の経験もある由。仮に銀行の転勤ならば引継ぎ期間は一週間です。不動産融資に手慣れている方でしょうから、今回の場合であれば一カ月もあれば十分だと思います」

寺本会長は意味が分かった様子で続けた。

「小鳥遊さんには2～3年指導してもらおうと思っていたのですが……」

一挙に交替すれば不安という意味なのか、小鳥遊に対する心遣いなのかまでは分からなかった。

「素養さえあれば融資に不慣れな人でもこなせるように財務部の仕事の有り様を整備してきたつもりです。現にムーンストックの私の後任は仲介をやっていた人であり、財務・経理経験ゼロの人でした。それが引継ぎを経て実務を難なく熟《こな》し、六年経験した今ではすっかり資金調達のプロになっているそうです」

ムーンストックも変遷を経て、今では某電鉄出資の不動産業者となっているが、先日久しぶりに同社を訪問したとき、新任の林社長から聞いた話である。

小鳥遊は続けた。

「資金調達は不動産業者においては企業の生死を決めかねません。この世界は実績を積み上げていけば余裕を持って対応できる反面、失敗すれば居た堪《たま》れない立場に追い込まれてしまいます。そういうポジションを二人でやるのは難しい。当社の規模の会社においては、一人の人間が全責任を持って事にあたる覚悟でやらないと見誤ります」

小鳥遊は退職願を出すタイミングを決めていた。

二〇二二年十月期決算に基づく信用調査会社の評点が六十点となった段階と決めた。信用調査会社には決算内容説明を一月段階で終えていたので、二〇二三年四月には評点が出るはずであった。アルハンブラXは、会社や代表者が特段の資産を有するわけではないので、決算分析頼みの会社である。決算対策は時系列で行ってきたので、信用力はついているはずだ。待つしかない。

四月十日に作成されたことが判明したので、すぐに「信用調査報告書」を入手した。「六十点」がまず目についた。予想していたこととはいえ、実際に見た時は嬉しかった。

と同時に、かねて感じていた思いが頭をもたげた。

(執筆活動に専念したい)

という思いである。と同時に、

(サラリーマン生活は捨て難い)

という思いも心のどこかにある。

(執筆活動に専念しないと人生後悔するかもしれない)

という思いと、

(執筆活動に専念すれば、楽しいサラリーマン生活とお別れとなってしまう)

という二律相反との葛藤である。

小鳥遊は、取引金融機関とは心底楽しく話せるし、相手の反応も良く和気藹々《わきあいあい》とした流れの中で成果も出している。仕事中心の公的な話が一割で、執筆活動やゴルフの話をはじめ私的なことが九割である。小鳥遊は、この比率のことを「法人取引の黄金比率」と命名している。

会社以外での友達の多さは他者に引けを取らないと思っているが、八割方が同年代である。仕事上で若手と話せる有難さが最近身に沁みてきた。これが一人で執筆活動に没頭すれば、なんだかつまらないかもしれない。特に、若い女性と話せるのは仕事上でないと難しいのではないか。さもなければストーカーやセクハラの影がついて回るだろう。

そういう人間関係まで考えると葛藤がさらに大きくなる。

煎じ詰めて考えると誤りそうなので、客観的に捉えるためにまたもや家康・正信主従に登場してもらうことにした。

「どうすればいいかの、弥八郎」

「こんな譬《たと》えはいかがでございますか」

正信は家康が分かりやすい例を挙げてみた。

「秀忠様が幼少の家光様に家督を譲って自分は回顧録執筆に専念したいと思われていると致しましょう」

「それがどうしたというのじゃ」

「ただ一方では、秀忠様は天下の権も忘れ難く悩んでおられるようでもある。大御所ならば秀忠様にいかに助言なさいますかな」

正信は家康をからかうのも趣味の一つである。ただし、核心はつく。

「うーん」

「某《それがし》ならば斯様《かよう》に申し上げます」

正信は考えを整理した。

「秀忠様、一旦口になされたことには責任が付き纏《まと》います。また当然ながら、大御所の了解を得なければなりません。そこでじゃ、まずは本心を大御所にぶつけなされませ。大御所は戦国の世を乗り切られた〝海道一の弓取り〟であられます。秀忠様が将軍職にとどまった方がいいか、はたまた回顧録作成に専念されて家光様に将軍となって頂くがいいか、ご判断頂けるはずです。大御所の判断は、少し長い目で見るといつも正しい。これまでの実績が物語っておりますし、僭越《せんえつ》ながらこの正信が保証いたします」

「複数の目標を持つほうが、知識やスキルの幅が広がり、諸問題への対応力がつくであろう」というのが家康の見解だったという。

結果、秀忠は将軍職を続けながら、一方では家光に順次実権を渡しつつ、回顧録を仕上げていったという。

小鳥遊は秀忠と違いオーナー家という世襲のポジションにいる訳ではない。

（資金調達業務を続けるとしても別会社に移ってからか。そして信用調査機関の評点が五十点位の会社を五十五〜五十六点まで引き上げてみるか。そうすればサラリーマン人生最後の花道を飾れるかもしれない）


小鳥遊はひとつの結論を出した。

（西山さんが後任として任せられる人物と内外でそれなりに認められるならば去ろう）

この三カ月を見る限り、残念ながら社内の評判はよろしくない。

そこに取引金融機関からも異を唱える動きが出た。

それは先方主催のゴルフ会の場であった。二人きりになった時に、あけぼの信金の支店長から話が出た。

「小鳥遊部長、辞めないでくださいね。今度の方は、本心が分かりづらいと担当者と課長が言っていましたよ」

この発言の真意がはっきりとは掴めなかった。

まず、新任の課長だと紹介はしたが、五十代半ばの浪速ショーライ銀行支店長経験者を紹介するのだから、財務部長引継ぎと相手が思っているのだけはハッキリした。

その上で、小鳥遊の立場に配慮されたのか、本心からそう思われているのかわからなかった。微妙な発言だから、支店長発言とすれば影響が大きいので、部下の発言とされたのであろう。ということは……。

別の銀行からも同様の話が小鳥遊の耳に伝わってくる。斯かる話が金融機関サイドから出ることと自体が異常である。

(普通ならば様子見をする筈だ)

小鳥遊は、散々考えた挙句、寺本会長に提案した。

「六月から九月までの間、私は休業します。その間、西山さんに一人でやってもらいます。問題なければ私は辞職する。そうでなければ、時機が来れば私が後任を探します。最もインフラはできていますので、市場で募集して人物本位で採用するのも有りだと思います」

結局、六月のひと月のみ休業することになった。有給扱いにして頂けるそうである。

実は小鳥遊も西山氏を後任にすることに事あるごとに否定的になっていたのである。

(態度が不遜である。嘘をつくというか論点をすり替える。決定的なのはコミュニケーション能力の欠如である。改善を促すもどこ吹く風である。兎に角不愉快極まりない)

社内の不評も概ね同じ理由によるものであるようだ。

(本人の自己評価と社内や金融機関からの評価との差はもはや危険なレベルだ)

もったいないとも思った。

(信用調査機関評点六十点と上場企業並みの水準であり、リクルート市場で募集したら優秀な人材が数多《あまた》応募してくる状態なのに、何故敢えて……)

アルハンブラXに着任して初めて感じる違和感であった。

(後任にしないことが愛社精神の発露ではなかろうか)

小鳥遊はそう感じるようになっている己に気づいた。

(さて、どう動こうか)

ともかく、対外的には六月ひと月の休暇は執筆のためとしているので、出版までの目途を立てておく必要がある。

題名はおそらく『転職の軌跡～多様な経験が導くキャリアの未来』となろう。

出版社に概略を話したところ、

「七つの転職はあまり例がない上に、その動機もドラマチックであるので、おもしろい作品に仕上がるのではないでしょうか」

と後押しされた。

あっという間にひと月が経ち、小鳥遊は会社に顔を出した。

休みの間にたまった書類を整理していると久富取締役から電話があり、「昼休みに話したいことがある」ということで、指定場所の喫茶店「100万ボルト」へ出向いた。

「小鳥遊さん、西山氏で務まるだろうか」

久富取締役から疑問が投げかけられた。何でも、日本橋3丁目プロジェクト案件に関しての資金調達につき何の相談も受けないまま、いきなり「土地購入資金のみで建物建築資金調達は難しい」と言われ、「従来はできていたのに」と違和感を持ったのだという。

「わかりました。まず私が直接金融機関に相談してみます」

(やってみて、言って聞かせて、させてみて、ほめてやらねば、人は動かじ)

山本五十六連合艦隊司令長官の名言に沿ってまず自分でやってみた。

するとあっさりと解決した。

西山氏が食事を終えて席に戻ったので、斯かる場合の対応の仕方を教えようと思い声をかけた。

「西山さん、さっき営業部サイドから日本橋3丁目の件で相談があったので、金融機関のいくつかに確認したところ営業部の希望する形で調整できたよ」

「なんで私に相談もせずに銀行と連絡するんですか」

思いがけず西山は憤りを露わにしてきた。

「君は着任して間もないから、適切に指導するためには実態を把握する必要がある。それで金融機関に連絡してみたんだよ。私は着任間もなく慣れない部下に指導するときは大概そうしているよ。普通はそのほうが相手も納得するんだがね」

(君自身は何度注意しても周囲の人と相談しないではないか)

とは敢えて言わなかった。

西山はふて腐れて聞く耳を持たずの体である。

(アルハンブラXの将来を思えば西山を後任にすべきではない！)

ものの道理がわからず、内外の人たちとも協調できない西山に対して遂にそう断じた。部下には常に丁寧に指導することを旨としている小鳥遊が初めて下す厳しい判断だった。

それから三か月後に再び後任候補の梅田博隆《うめだひろたか》が入社してきた。

梅田は道理を弁えており、大学時代はアメフト部に属していたというスポーツマンで明るい性格であった。小鳥遊は歴史上の人物はよく研究しているので、現代人の見極めもその延長で素早くとらえる傾向にある。西山の時と異なり梅田に対しては最初から後任者として金融機関に紹介して回った。

その二か月後、小鳥遊は事務の一環であるかのようにアルハンブラXを去った。

(当面の六か月は執筆活動のみに専念しよう。出版した段階で次の道を探ろう)

最後に自らに語りかけた。

「どげんかなるさ!」

気負いはなかった。

遊歩道

小鳥遊がアルハンブラXに足を踏み入れた時は六十二歳だった。サラリーマン生活の最終章を迎えるにあたり、彼は同社が持続可能な成長を遂げるための基盤を築くことを最重要課題とした。大企業のように財務部長のポストを組織の単なる歯車のひとつとし、誰が担っても変わらぬ成果を出せる強靭な体制を構築するのだ。その具体的なアプローチは、資金調達の肝となる金融機関取引構成の改善である。

それが達成できれば、銀行取引の拡大が続くであろうし、それは資金調達力を強化し、さらには業績向上につながることは確実である。その過程で、信用調査機関の評点を上場企業水準にまで引き上げ、金融機関の格付けを向上させることに成功すれば、資金調達と業績向上の好循環、すなわち正のスパイラルを生み出せるのだ。業績の安定化は、この体系的なアプローチの成果物なのだ。

さらに彼は、諸資料の定型化にも着手し、これにより管理の強化と普遍化を達成した。このプロセスは、単なる業務の効率化を超え、「パッションや興味」の連鎖を生む文化を創造したと言える。業務の最適化を通じて持続可能な成長という目標への道筋を示すものであった。

このケーススタディは、経験豊富な一人の人物が、組織全体のために自らの知識と経験を最大限に活用し、変革をもたらす物語であるかのようだ。彼の先見の明は、アルハンブラXを持続可能な成長を続ける組織へと変貌させたのだ。

小鳥遊の旅は、終わりに近づいた。果たして、彼が意図するように、執筆に目途が立つ六か月後に『転職の軌跡』のタイトルに更に一章が加わるのだろうか……。

影道

とりとめのない話をしていきたい。素地についてである。

小鳥遊が転職を繰り返す素地はいつ生まれたのだろうか。

素地というものはいつの間にか芽生えるものなので、その起源を考えるのは一種の哲学的問いかもしれない。転職を繰り返す小鳥遊の人格が形作られた瞬間は、どこにあるのだろうか。彼は少年の頃から一途で、何事にも熱中する性格であった。彼にとって、努力を尽くさずに諦めることとは、まさに恥辱に等しい。今日に至るまで、その根底にある性格は微塵も変わっていない。

また、彼はなぜか人を集める役割（幹事）を務めることにやりがいを感じているようだ。兄弟、親類、友人たちとの繋がりが、彼に無意識のうちにその役を果たさせて来たのだろう。小学校から高校、大学、そして銀行勤務を経て、様々な場で幹事として活躍してきた。兄弟会や両親の親戚を集めた「いとこ会」の運営も彼の手に委ねられた。他の誘いも、できる限り応じるようにしている。この行動から窺えるのは、彼がどこかで常に人の温もりを求めているということかもしれない。彼は決して煩《わずら》わしいタイプではなく、カラオケを愛するがマイクを独占せず、また酒を楽しむが人に絡むこともなく、人の好き嫌いをあまり持たない等、皆から幹事役にはお手頃と見られているのは、どうやらその性格ゆえのようだ。ゴルフ会の幹事も四つほど務めているが、それは彼が若者との繋がりを保ちたいという願望からかもしれない。しかし、月日は容赦なく流れ、それらの集まりの一番若い人でもいつの間にか四十歳を越えた。

飲み会の回数が多いとは自覚している。月三回以上は何らかが実施される。この三月には退職祝いも重なり七回あったという。そんな昔ながらの気質を持つ小鳥遊が、幼いころから見れば突飛なほどに七度もの転職を平然と行うのか、その臨界点を探るのは興味深いことであろう。彼の行動には、時として解釈を超えた何かがあるのだろうか。

やはり大学時代に芽生えたのではないか。

大学二年の夏、北海道中標津《なかしべつ》での酪農アルバイトが、彼にとっての転機であったようだ。九州から北海道への長旅は、彼の人生における一つの大きな節目となった。関門トンネルを抜けて本州を縦断し、まだ完成していない青函トンネルの気配を感じながら青函連絡船を利用して函館へと渡った。青森港を出て間もなく、本州の最北端にある岬が見えたが、それが竜飛崎《たっぴざき》なのか大間崎《おおまざき》なのかは、その時は判然としなかった。三年後、石川さゆりの「津軽海峡冬景色」が発売され、「ご覧あれが竜飛岬北の外れと」とテレビ画面から流れたとき、それが竜飛崎であったことを知ったのだ。

昭和五十年（一九七五）に山陽新幹線が開通しており、理論上は博多から東京までは新幹線で行くことができたはずだが、前払いされた交通費のみを頼りにしていた貧乏学生であった彼は、九州から北海道までの旅を在来線の利用で賄うしかなかった。特に北海道内の移動は長く感じられた。函館から函館本線を利用して札幌を経由し釧路に至るまでのルートは、そこからは根室本線で中標津へと続いた。その旅は丸一日以上を要したが、若さゆえか疲れを感じることはなかった。

中標津の農家にひとり住み込みで酪農作業に従事した日々は、彼にとって厳しいが、同時に学びの連続だった。この地は北海道の東部にあり、日の出が彼の下宿のある福岡市よりもずっと早い。酪農家の生活は、朝の始まりが早く、午前四時に起床し、五時には作業が始まる。


最初の仕事は前日の夕方に放牧した約50頭のホルスタイン種の乳牛を牛舎に戻すことだった。牛たちはすでに食事の時間が来たことを理解しているようで、大人しく牛舎へと向かう。

牛たちを夫々の囲いの中に追い込むのが一苦労だ。特に小鳥遊のような新人は、彼らのいたずらの対象になりがちである。牛たちは体重一トンはあろうかという巨体を押しつけたり、地団太を踏んで脅したりするが、危害を加える意図ではなく、むしろ揶揄《から か》っている様子だ。最初の一週間は斯様な状況が続いたが、次第に小鳥遊が餌の供給者であることを理解したのか、牛たちも服従し始めた。中には顔を摺り寄せてくる牛も多く、まったく現金なものだ。

次いで食事の配給だ。柵の間から顔を出す牛たちの鼻先へと牧草を与えていく。牛たちが食事に夢中になっている間に、乳搾りの作業を始める。かつては手作業で行われていたそうだが、今では搾乳機を使用する。搾乳前の消毒のために乳房を布で拭くのだが、ある時、何を思ったのか自分の口で乳首から直接飲んでみた。消毒臭くて不味かった上に、後味はなかなか消えなかった。

牛が食事を終えた後は人間様が食事にありつく番だ。伊藤家の食事は、新鮮な食材と一日の労働による満足感が相まって、非常に美味であった。特に記憶に残るのは、朝の搾りたての牛乳、昼の畑での握り飯、そして夜のホタテ貝入りのジンギスカン料理だ。

朝食と昼食の後には、冬場に備えた重労働が待ち構えている。牛の飼料となる牧草をサイロに詰め込む作業である。まずはトラクターで刈り取った牧草の藁束《わらたば》を専用の串で刺してトラックの荷台に次々と積み上げていく。始めのうちはいいのだが、作業が進むにつれて藁束を高い位置まで積み上げなければならない。腕が疲れ切って感覚がなくなるほどである。トラックに積み込んだ後には、サイロへの詰め込み作業が続く。詰め込みが一段落すると、サイロ内での牧草を踏み固める作業が始まり、これがまた団欒の場となる。近所の子供たちも参加し、賑やかな談笑が弾む場となる。この地域（根釧台地《こんせんだいち》）は秋田や山形から海を渡って来た人々が開拓した歴史があり、東北弁が飛び交う。この場の雰囲気に相応しい言葉だといえる。

最後の仕事は、待ち望んでいた牛追いである。

小鳥遊にとって、このロマンチックな瞬間は今でも忘れられない思い出である。明朝まで牧場に放つため、五十頭余りのホルスタインを「べーべー」という掛け声と共に広大な草原に追うのだ。まるでカウボーイになったような気分になる。目を上げれば根室海峡に国後島がとうとうと浮かび、夕陽が差し込めば見渡す限り真っ赤に染まる。疲れを癒すには十分すぎるほどの絶景である。

中標津は、日の出が早い分、日の入りも早く訪れる。

小鳥遊は、いつも最初に風呂に入ることができた。温かい湯に身を沈めると、その快感でほどなく眠りに落ちてしまう。体の疲れがピークに達しているのだ。

最初の一週間は冷やかされた。

「昨日も布団の中で唸《うな》り声を上げていただべさ。大丈夫かね?」

しかし十日ほどで慣れてくると、疲れをさほど感じなくなった。人間の適応力のなせる業であろう。

伊藤家の家族構成は、もともと夫婦二人と六十過ぎの母親の三人家族だったが、小鳥遊が滞在して十日後には、四人家族になっていた。そう、赤ちゃんが生まれたのだ。旦那さんは小鳥遊より五歳上で、東京農大在学中に伊藤家でアルバイトしたのが縁で、そのまま永久就職したとのことである。

小鳥遊は精神構造が似ているからか、赤ちゃんとすぐに意気投合してしまった。赤ちゃんの方も彼が抱っこすると泣き止むのである。この現象に安心されたのか、親戚の葬式の際には、赤ちゃんを小鳥遊に預け、大人三人全員で出かけられてしまった。

どれもこれもすべていい思い出として記憶に残っている。

…………………………………………

ついつい長くなってしまったが、思い切って踏み出した結果が感動的な記憶に繋がったため、それ以来どうしようか迷ったときは、行動を起こす方へ気持ちが傾くようになった。転職をゲーム感覚で繰り返す背景には、この「一歩踏み出す」精神が影響しているのかもしれない。『方法序説』でデカルト（フランスの哲学者。「われ思う、ゆえにわれあり」で有名）が言う「優柔不断は悪よりも悪い」の意味合いがわかった気がした。彼が説くように、今を生きる私たちにとっては、不確実であっても行動に移す勇気が肝要なのだ。

【エピローグ】ChatGPT検証

ChatGPTに転職を考える理由を尋ねてみたところ、四つの項目が示された。

一、キャリア成長：現在の仕事での成長やスキル獲得には限界があると感じ、新たな職場でより挑戦的な業務に取り組むことで、その選択肢が開ける。

二、給与や待遇：今の職の給与や福利厚生に満足できない場合、他社や他業界でより良い条件を求め、転職を考えることがある。

三、ライフスタイルの変化：住みたい場所や働き方を変えたいと願うなら、転職を通じてそれを実現する道が開ける。地方から都市への移住や、フレックスタイム、リモートワークの導入などが具体例として挙げられる。

四、パッションや興味：自分が本当に取り組みたい仕事や興味のある分野で活躍したいと思うなら、転職によってもそれが可能となる。

小鳥遊のキャリアは、四葉銀行（合併前）から始まり、肥前銀行、マグナムテクニカ株式会社、そして株式会社グレートテックへと渡り歩く一連の転職の旅から始まった。これらのステップは形式上は業務出向の名を借りていたが、実際には職場が次々と変わり、新たな挑戦が続く、まさに転職の連続だった。四葉銀行での安定した日々を後にし、肥前銀行へと足を踏み入れた時、彼は新しい業務環境との初対面に緊張しつつも、未知の領域への好奇心に胸を躍らせていた。

それからの各転職のたびに、小鳥遊は新たな職場の風土と文化に適応し、困難を乗り越えていく過程で、彼自身の価値観と職業観も変化させていった。それぞれの経験が彼を成長させ、彼の人生における重要な節目で新しい扉を開いてきたのである。彼の転職は単なる職場の変更ではなく、自己実現への道としての深い意味を持つ冒険だったのだ。

それぞれの転職の道筋を、ChatGPTの見解を参考にしながら深く見つめていこうと思う。

㈠一つ目の転職は、四葉ＣＬＯ銀行から肥前銀行への移籍であった。人事異動の名の下に行われたものの、実際には単独で肥前銀行に乗り込むという、四葉ＣＬＯ銀行内部の本支店異動とは根本的に異なる挑戦であった。そこには並々ならぬ緊張感が漂っていたが、業務内容がほぼ同じであったこと、受け入れ側が非常に気を遣ってくれたこと、またしても〝母川回帰〟であったこと、という状況が重なり、さほどの違和感はなかった。客観的に見れば、そのまま肥前銀行へ転職する可能性を秘めた業務出向であり、これを機に職務を通じてあらゆるものに挑戦するつもりであった。

ChatGPTが転職を考える理由を四つ挙げた中では、「キャリア成長」が今回の動機に当てはまる。すなわち、転職を通して新しい職場で積極的に業務改革に挑むことで、自身のキャリアをさらに成長させたいという思いがあったのである。

「どげんかなるさ！」という九州弁の香りがする軽快な言葉を胸に、楽天主義を貫きながら待ち受ける転職に臨む覚悟であった。

肥前銀行でのキャリアは、「キャリア成長」の典型例であるかのように、彼の職業人生において多くの転機をもたらした。特に、地方銀行間の合併、具体的には肥前銀行と博多銀行の統合は、彼にとって衝撃的な出来事であった。被合併側となった肥前銀行にいた彼は、過去の経営陣による不祥事が波紋を広げ、全く無関係な現役行員たちの生活をも根底から揺るがす事態を目の当たりにし、深い憤りを覚えた。この出来事は、彼の企業組織に対する帰属意識を大きく揺るがせ、その後の転職活動において、まるでゲームを楽しむかのような心境を形成することとなった。転職は彼にとって、単なる職場変更ではなく、人生の新たなステージへの進出と捉えられるようになり、「パッションや興味」を育む機会となったのである。

㈡二つ目の転職、すなわち肥前銀行からマグナムテクニカへの移動は、再び「キャリア成長」を求める道程であった。マグナムテクニカへの転職は、仕事と執筆活動のバランスを取りながら、本当にやりたい仕事や関心を持つ分野に携わることで自己実現と成長を目指すという、期待に溢れた選択であった。しかし、マグナムテクニカでの業務に足を踏み入れた瞬間、ただ職場を変えただけでは希望を必ずしも叶えられないという現実に直面した。本当にやりたい仕事や深く関心を寄せる分野への道は、単に転職するだけでは得られないという現実を思い知らされたのである。この一連の流れは、彼の職業人生において「パッションや興味」が芽生え始める重要な時期であったと言えよう。

㈢小鳥遊のキャリアにおける三つ目の転職は、彼の人生の葛藤と野心が垣間見えるものである。マグナムテクニカにおいて、彼は主力行出身者による重要ポストの独占、プロパー社員との確執という二重の壁に直面し、さらに自らのスキルや能力を発揮できない職務というフラストレーションが積み重なる三重苦の状態に陥っていた。おそらく、職場での人間関係、孤立感、スキルの非活用といった問題が、一般的に転職を決意させる要因なのであろう。このような状況の中、ジャック・ウェルチの「相容れないことがわかったならば去りなさい」という言葉が、次なるステップへの転換を後押しし、マグナムテクニカからグレートテックへの移籍となったのである。

この転職は、自己実現への一歩を踏み出すものであるはずであった。しかし、今回も単に職場を変えるだけでは内面の充足やパッションの追求には結びつかないという教訓をまたしても学ぶことになった。ここにおいて彼は、自身の「パッションや興味」の追求が長い道程になるという覚悟を肚に据えたのである。

㈣四つ目の転職、それはグレートテックからムーンストックへの移動であった。小鳥遊はグレートテックにおいて、下請け企業への不当な取扱いに立ち会うことになり、その慰労会の席で、一連の流れを法的に主導した顧問弁護士に公然と反抗し、結果として自らの居場所を閉ざしてしまったのである。下請けいじめは社会正義に照らし彼の我慢の限界を超えた出来事であったことであるが、一方では、それ対して何も言えなかった自分自身への怒りの裏返しでもあった。これを境に社会正義に反しない職場で、スキルを活かせる職務に就きたいという思いが更に強まっていったのである。

ムーンストックへの転職時期は、リーマンショックで甚大な影響を受けた局面と重なり、同社は資金繰り危機というべき事態に陥っていた。自ら手を挙げて資金調達を請け負った彼は、自らのスキルに合致したポジションで幾多の困難を乗り越えて経営危機を救い、経営企画部長兼財務部長として一時の安息を得た。これはまさに、彼自身の「パッションや興味」に基づく成功体験であった。

しかし、最終的には「義理を貫く」形で会社を去ることになる。「義理」という概念はChatGPTには馴染みが薄いかもしれないが、それは彼の人生において濃い価値観であり、行動を左右する核となるものであった。彼のキャリアは、社会正義に反せず、自己の信念に従って行動することの大切さを語りかけているかのようである。

㈤小鳥遊のキャリアパスは、「パッションや興味」を核として展開している。彼の五つ目の転職は、ムーンストックからからたち信用金庫への移動である。ムーンストックでの勤務では、多くの困難を乗り越え、経営企画部長兼財務部長として自らのスキルを存分に発揮し、危機的状況を克服した。まさに「パッションや興味」を追求した成功の典型であったといえよう。しかし結局のところ、彼は古風な「義理」に殉じて、ムーンストックを去ることを決意したのである。

同社の取引金融機関への退職挨拶回りの過程で、からたち信用金庫から有難い誘いを受けて同金庫へ転職することになった。金融機関への回帰であり、四葉銀行で磨いたスキルを活用すれば何とでもなるだろうという多少の自惚れも伴っての転職であった。しかし、実際に勤務してみると、事前の期待と現実との間に大きなギャップがあり、苦しみに直面することになった。

小鳥遊は、五つの転職・六つの職場の経験から、自分に合った職務とは何かを判別できるまでになっていた。自分の「パッションや興味」は「不動産業での資金調達である」と、明確に割り切れるようになっていたのである。その後の彼の動きの目線はそこに集約されていく。

㈥六つ目の転職は、からたち信用金庫からアルス不動産への移動であった。彼は熟知しているはずの金融機関勤務でありながら、大きなギャップに打ちのめされそうな状態に陥ってしまった。企業文化の相違なのか、営業店の独自性によるものかは定かではなかったが、彼の中には大きな違和感が生じていたのである。

そんな状況下に、資料改竄や反社会的勢力の存在といった不祥事を知り、彼は自分の居場所がここにはないと断じるに至った。

新天地であるアルス不動産への転職は、からたち信用金庫の融資相談窓口に現れた企業への売り込みによって実現した。彼にとっては現実からの逃避行でもあり、自らの「パッションや興味」を実現するための手段でもあった。ともかく慎重な性格である小鳥遊が取った驚くべき行動であった。

㈦七度目の転職は、アルス不動産からアルハンブラXへの迷いを伴う挑戦であった。

アルス不動産での小鳥遊は、自身の労働条件を一任され、文字通り希望通りの待遇で迎えられた。そして、それに応えるかのように、金融機関の新規開拓も順調に進んだ。しかし、融資額基準成果給を自ら選択したことで、その給与額算定方式が彼の給与収入の不安定さを招くことになってしまった。タイミングを見計らい、算定方式の変更を社長に申し入れようとしていた矢先に転職の誘いが舞い込んできた。迷いに迷った末、一歩踏み出す習癖から、アルハンブラXへの転職に動くことになった。

アルハンブラXでの給与算定方式は固定給という本来あるべき姿に戻り、収入も安定した。やはり「給与と待遇」はサラリーマンにとって最も重要な核心であることを痛感させられた。転職後の小鳥遊の活躍は目覚ましく、金融機関取引構成を目に見えて改善させたのである。具体的には、従来の信用金庫・信用組合主体の取引構成から、メガバンクや有力地銀取引主体へと改善することで、資金調達力の強化を実現したのだ。この取り組みは業績向上・安定化に寄与し、成長への正のスパイラルを確立したのである。それはまさに「パッションと興味」の具現化といえる成果であった。

管理面では、上場企業や大手企業のように、前任者が辞めても後任者がスムーズに業務を引き継げるシステム構築に力を注いだ。そして汎用的で普遍的な管理手法を確立していったのである。六十代半ばで退職間近な彼にとって、この取り組みは核心的な意味を持つものであった。

こうして、彼は前職への不義理を、現職での貢献に昇華させることで埋め合わせようと努めたのである。

小鳥遊は自身のサラリーマン生活を振り返り、その途方もない旅路に思いを馳せた。奇跡的な幸運のもと、ギリギリのところでその都度誰かに助けられ、七度におよぶ転職の過程で、失業日は一日も生じさせなかった。この事実を友人達に話すたびに、必ず驚かれ、「持っている」と評されるのだ。

彼は、他人から見れば身勝手に映るであろう転職を、ゲームでも楽しむかのような軽やかさで駆け抜けてきた。もし「自由気まま過ぎて責任感に欠ける」と批判されたとしても、彼は敢えて反論するつもりはない。なぜなら、それを生き様にすると自分で決めたからである。

最後に、転職についてChatGPTに総括を委ねた。

「転職は確かに大きな決断であり、リスクや不確実性も伴います。自身の目標や状況をよく考慮し、慎重に判断することが求められます。転職の意思決定に際しては、家族や信頼できる人々との相談も重要です。それによって、より確かな道を選ぶ手助けとなります。彼の例から学ぶべきは、自己の価値観に忠実であることと、変化を恐れずに新たな挑戦を受け入れる勇気がキャリアを形作るということかもしれません」

著者プロフィール
島添　芳実（しまぞえ よしみ）

昭和30年（1955）、福岡県に生まれる。
九州大学法学部卒業後、三菱銀行（現・三菱UFJ銀行）に入社。平成17年～19年、親和銀行（長崎県佐世保市）に業務出向。その後、東京都区内でサラリーマン生活を継続中。埼玉県在住。社会保険労務士、宅地建物取引士。

著書
⑴ペンネーム島遼作名で執筆
『サラリーマン出張紀行〈東日本編〉』文芸社 2009年3月
『サラリーマン出張紀行〈西日本編〉』文芸社 2009年3月
『サラリーマン休日紀行』文芸社 2009年12月 ⇒電子書籍化2023年4月
『サラリーマン「川の両岸」紀行』文芸社 2011年8月 ⇒電子書籍化2023年4月
⑵島添芳実名で執筆
『石田三成（秀吉）vs本多正信（家康）』文芸社 2017年10月（2019年重版）
『小栗上野介（主戦派）vs勝海舟（恭順派）』三省堂書店／創英社 2018年9月（2021年5刷）
『楠木正成（悪党）vs足利尊氏（幕府）』三省堂書店／創英社 2021年9月（2021年重版）

七つの転職　八つの職場

2025年1月5日　初版発行

著　　者　島添　芳実
発行・発売　株式会社三省堂書店／創英社
〒101-0051　東京都千代田区神田神保町1-1
TEL：03-3291-2295　FAX：03-3292-7687
印刷・製本　大盛印刷株式会社

ISBN978-4-87923-289-2 C0093